Gertrude von Holdt
Auf hoher See
GESCHICHTEN ZWISCHEN
EBBE UND FLUT

*Bevor es jetzt mit den Geschichten losgeht,*
*möchte ich mich bedanken:*
*bei meiner Familie und meinen Freunden, die mich immer unterstützt und ermuntert haben, meine Ideen umzusetzen und Geschichten zu schreiben.*

*Mein besonderer Dank gilt denjenigen, die mir ihre Geschichten für dieses Buch zum Nacherzählen geschenkt haben.*
*Ich danke meiner Mutter, die leider im Februar verstorben ist. Ebenso auch meinem Bruder Arne und meinem Onkel Neuton, der mir ungehinderten Zugang zu alten Fotos und Bildern gewährt hat.*
*Das alles hat das Buch erst möglich gemacht.*
*Danke und nochmals danke!*
*Und jetzt wünsche ich allen viel Freude beim Lesen!*

Warten auf die Seehunde.

# INHALTSVERZEICHNIS

# PROLOG

Ich wurde im Januar 1948 geboren. Mein Sternzeichen wäre ein Steinbock, dem man die Eigenschaften »bodenständig« und »erdverbunden« zuschreibt. Das Sternzeichen mag ich, in Australien habe ich sogar am Wendekreis des Steinbocks gestanden; nur leider passen die Eigenschaften nicht so richtig zu mir. Mein Element ist das Wasser. Ich bin mit dem Meer verbunden. Geboren wurde ich auf einer Nordseeinsel, und auf einer Hallig lebe ich. Die Hallig Hooge, auf der ich als Kind immer wieder bei meinen Großeltern zu Gast war, ist heute meine Heimat. Die Geschichten meiner Ahnen fließen durch meine Seele – auch mit ihnen bin ich verbunden.

Als Kind »spaddelte« ich stundenlang im Wasser, bis ich blau und verschrumpelt war. In den Ferien begleitete ich meinen Vater, wenn er mit seinem Schiff durchs Wattenmeer fuhr. Ich war sein Bootsmädchen. Im Studium arbeitete ich als Schiffsköchin und als Siebzigjährige unternahm ich eine mehrwöchige Reise auf einem Containerschiff. Das Meer begleitet mich in all seinen Formen – brüllend, spiegelblank, verlockend, unendlich, abweisend, aber nie beängstigend!

Brüllend, wenn der Sturm es in seiner Gewalt hat.

Spiegelblank an Tagen, an denen alles zur Ruhe kommt.

Verlockend, wenn die kleinen Wellen wie eine Melodie an den Steindeich plätschern.

Unendlich, wenn Himmel und Meer am Horizont verschwimmen.

Abweisend, wenn das Grau den Blick nach unten verwehrt.

Und doch, seit Kindertagen wie ein lieb gewordener Freund!

# TEIL 1

# KAPITÄNE, SEELEUTE, SEEHUNDSJÄGER

Ein ehemaliger Kapitän und ich haben eine Namensliste von Menschen der Hallig Hooge, die auf großer Fahrt waren, erstellt. Es waren Kapitäne, Decksleute, Maschinisten, Elektriker, Zimmermann oder Funker – und die Familie von Holdt hatte daran, wie wir feststellten, den größten Anteil. Wen wundert es da, dass ich eine starke Affinität zur Seefahrt und dem Wasser habe?

Zu diesen Seefahrern gehörten mein Urgroßvater, Großvater, Vater und Onkels und sie sind nur die engere Verwandtschaft.

Neuton, der jüngste Bruder meines Vaters, übernahm die Berechtigung meines Großvaters, Seehunde zu schießen. Doch neben der Jagd pflegte und versorgte er Jungtiere, verlassene Heuler und verletzte Tiere.

Diese Fürsorge hatte Tradition. Mein Urgroßvater, der »alte« Hein, war der Erste, der damit begann. Es war um 1900, in einer Zeit, in der jeder ein Gewehr hatte. Man durfte alles schießen, was vor die Flinte kam. Mein Urgroßvater verstand, dass die willkürliche Jagd dem Seehundbestand schadete. Für ihren Schutz setzte er durch, dass die Jagd auf Seehunde in die Jagdgesetze mit aufgenommen wurde.

Mit dem Jagdgesetz wurde auch die Dokumentation der Jagd zur Pflicht. Alles wurde notiert: Wer schoss wann und wo mit welchem Abstand wie viele Tiere? Die Einträge meines Urgroßvaters beginnen 1897 und lesen sich wie ein »who is who«, so viele illustre Namen sind da verzeichnet.

Ab Mitte der 50er-Jahre flog mein Großvater, der »junge« Hein, mit einem Fieseler Storch über das nordfriesische Jagdrevier, um einmal im Jahr den Bestand zu zählen. Danach richtete sich die gewährte Abschussanzahl pro Jäger.

Das Jagdbuch endet 1982. Inzwischen war der Bestand der Seehunde durch Krankheit so stark dezimiert, dass die Jagd verboten wurde, nur der Abschuss von kranken Tieren wurde erlaubt. Letztendlich gab mein Onkel Neuton die Seehundsjagd auf. Nun lebt er seit fast zwanzig Jahren auf dem Festland und wenn ich ihn besuche, höre ich seinen Geschichten aus vergangenen Tagen zu, über das Meer, die Menschen und meine Familie.

Mein Urgroßvater mit seinem Jagdhund, vor einem selbst gebauten Schrank mit ausgestopften Vögeln, die er geschossen hat.

## GEDANKENLOSE JUGEND

*Auf den Halligen Hooge und Langeness.*
*Frühherbst 1950.*

Ich bin zwei Jahre alt. Wenn meine Eltern unterwegs sind, geben sie mich bei meiner Großmutter ab. Mein Vater ist selbstständig als Schiffer und meine Mutter begleitet ihn oft. Diesmal sind sie unterwegs, um Grand für die Straßenbefestigung zu holen.

Meine Eltern fahren mit der *Meta,* einem Holzschiff, das schon meinem Großvater gehört hatte. Das Schiff ist klein, handlich, stabil, und noch wichtiger: Es sichert meinem Vater das Einkommen. Das Schiff ist etwa zwölf Meter lang und sein Laderaum umfasst sechs Kubikmeter. Das Ruderhaus steht auf einer quadratischen Fläche von 1,5 Meter. Es ist so klein, dass sich ein erwachsener Mensch darin gerade einmal umdrehen kann, wenn er am Steuer steht.

An diesem Herbsttag steuert mein Vater das Schiff bei überraschend gutem Herbstwetter zum Middelloch, einer Sandbank aus grobem Kies. Sie liegt zwischen Amrum und Föhr. Luftlinie sind es nur ungefähr 60 Kilometer, aber für ein kleines Schiff auf seiner Route ist es ein weiter Weg.

Mein Vater fährt die Sandbank so an, dass die *Meta* bei Ebbe trockenfällt. Erst dann beginnt er, das Schiff mit Grand zu beladen – nur mit Hand und seiner Körperkraft. Schaufel für Schaufel! Es ist harte Knochenarbeit. Meine Mutter versorgt ihn zwischendurch mit Tee und Broten, ansonsten sitzt sie an Deck und genießt den sonnigen Tag.

Als es dämmert, ist der Laderaum mit Grand beladen und auch auf dem Deck erhebt sich ein Haufen aus Sand, Muscheln und Schlick. Nur langsam kommt das überladene Schiff in Bewegung und dreht ab in Richtung Hooge.

In der Dämmerung zeigt sich das wahre Herbstwetter. Es frischt auf und die *Meta* holt Wasser. Es schwappt durch die Tür ins Ruderhaus. Auf der einen Seite rein, auf der anderen raus. Vater hält in der einen Hand das Ruder, mit der anderen drückt er die Lenzpumpe auf und nieder. Mutter braucht beide Hände, um sich an der Ruderbank festzuhalten.

Der Wind verwandelt sich in einen brüllenden Sturm. Er türmt Wellen mit gewaltigen Schaumkronen auf. Die *Meta* schlingert wie ein Pingpongball dazwischen. Wasser dringt von allen Seiten auf das Schiff. Meine Mutter hat längst die Orientierung verloren. Sie hofft und betet, dass sie sicher ankommen.

Plötzlich verliert der Sturm an Wucht. Das Wasser wird ruhiger und die *Meta* läuft ganz langsam und gezielt in einen Wasserlauf. Dieser Priel heißt *Ilef* und er mündet in einem kleinen Hafen auf Langeneß.

Mein Vater hat die Orientierung nicht verloren und er weiß, was jetzt zu tun ist: einen sicheren Hafen suchen. Langeneß liegt 6,5 Seemeilen nördlich von Hooge. Um nach Hooge zu kommen, würde es noch etwas mehr als eineinhalb Stunden dauern. Da ist der kleine Hafen auf Langeneß schon besser!

An der Hafenkante steht ein Mann mit einer Tranfunzel, der die Leine entgegennimmt und das Schiff festmacht. Keiner sagt ein Wort. Man versteht sich auch so, selbst als sie gemeinsam zum Haus von Lorenz gehen, schweigen sie. Was sollten sie auch sagen?

In einem Lukebett schlafen meine Eltern tief und lang und erst am nächsten Morgen versucht man »bi de Ool«, beim Alten, meinem Großvater, anzurufen. Es wäre zwecklos gewesen, es nachts zu versuchen. Denn die Dame vom Amt, die die Verbindungen in der Telefonzentrale stöpselt, schläft dann.

Die ganze Nacht lang war mein Großvater immer wieder in die Warft gelaufen, um nach der *Meta* Ausschau zu halten. Er musste annehmen, dass sie in Seenot geraten war. Große Erleichterung, als er endlich seinen Sohn am anderen Ende der Leitung hört.

Nach dem Frühstück fahren meine Eltern fröhlich und ausgeschlafen nach Hooge.

Mein Vater ist noch öfter in Bedrängnis geraten, weil er seine Schiffe grundsätzlich überlud und dann die Luken nicht schloss. Einmal soffen er und mein Bruder tatsächlich ab – allerdings nur mit erheblichen Materialschäden.

Mein Vater war immer risikofreudig, denn er kannte das Wattenmeer und vertraute auf sein Wissen, seine Erfahrung und sein Gespür.

Ich denke, dass es mehr als nur Vertrauen war, das ihn glauben ließ, dass alles gut gehen würde, sondern: *De dor baaben* war mit ihm! Der da oben? Mein Vater war kein Kirchgänger und trotzdem ein gläubiger Mensch.

Alte Ansicht von Hanswarft auf Hooge.

Das sogenannte »Eisboot«, mit dem im Winter die Post zur Hallig und zum Festland transportiert wurde.

# MANN ÜBER BORD

*In einem kleinen Fischerhafen des Nordfriesischen Wattenmeers. Vorweihnachtszeit der 1930er-Jahre.*

Sie tragen Öljacken und Wathosen, rüsten sich gegen das raue Wetter, doch die Kälte, der Regen und der Wind fressen sich durch ihre Haut und reißen an ihren Knochen.

Es ist noch dunkel, als die Männer den Fischkutter zum Auslaufen klarieren. Die Helfer holen die Leinen ein und fluchen leise: »Bi dit Schietwetter jaagt de Ole uns rut, man kann dat gor nich glöben. As wenn he nich al genog verdeent hett!« (Bei diesem Mistwetter jagt der Alte uns raus, man kann es gar nicht glauben. Als wenn er nicht schon genug verdient hätte.)

Der Alte, Neuton, ein Bruder meines Großvaters Hein, steht hoch und trocken im Ruderhaus. Er kann seine Männer nicht hören, und wenn, dann gnade ihnen Gott, denn wenn er eines nicht leiden mag, wenn rumgemeckert wird. Der Alte trägt eine dicke Joppe und Latschen. Diese *Latscho* sind oben mit Leder und unten mit Gummi bezogen.

Langsam löst sich der Kutter vom Pier und schippert aus dem dunklen Hafen. Die Maschine stampft wie ein Walross und tuckert zu den Krabbenfangstätten. Ein Netz nach dem anderen ziehen die Männer an Deck und mit jedem Hol wird die Laune schlechter. Es ist harte Arbeit unter harten Bedingungen. Zwei Männer bedienen eine Winsch, um die Netze aus dem Wasser zu heben. Dann blockieren sie die Winsch und mit einem »Ranholer« wird der »Steert« mit dem Fang von den Jungs über die Reling gehievt und geöffnet. Der Fang, Krabben, kleine Fische, Muscheln und Grünzeug, ergießt sich über das Deck. Nun müssen sie mit einem viereckigen Standsieb den Fang sortieren. Die kleinen Krabben fallen durch das Sieb, alles andere muss ausgesammelt werden.

Einer schaufelt den Fang auf das Sieb, ein anderer schüttelt. Hol für Hol, Netz für Netz. Sieb für Sieb. Mittlerweile ist es heller, aber immer noch trüb und grau. Der Wind frischt auf und die See wird rauer. Regen läuft den Jungs übers Gesicht und in den Kragen. Der Wind zerrt an ihrer Kleidung. Die Hände sind steif und taub vor Kälte, als wären die Finger nicht Teil ihres Körpers. Regen- und Salzwasser haben das Deck mit einer glatten Eisschicht überzogen. Reste von Grünzeug aus den Netzen schlingen sich um ihre Schuhe. Es ist rutschig und gefährlich. Nach dem Sieben kommt das Kochen. Kessel für Kessel.

Stundenlang! Dabei müssen sie sehr wachsam sein: Werden die Krabben zu lange gekocht, färben sie sich grau, aber sind gut zu pulen. Werden sie zu kurz gekocht, bleiben sie rot und sind nur schlecht aus der Schale zu bekommen. Egal, was um sie herum geschieht, sie müssen aufmerksam sein. Abwechselnd gehen sie ins Ruderhaus, um einen Becher heißen Tee zu trinken, ein Brot zu essen und ein bisschen Wärme zu tanken. Doch die Aufwärmphasen, die ihnen der Alte zugesteht, sind viel zu kurz. Während der Alte warm und trocken auf seinem Hocker sitzt, scheucht er seine Jungs wieder an die Arbeit. Fluchend und schimpfend schleppen sie sich an Deck, das immer rutschiger wird.

Sie arbeiten sich ab an Hol, Winsch, Steert, Sieben und Kocher. Das Gros der Porren (Krabben) haben sie im Laderaum verstaut, als die Hölle über sie hereinbricht. Der Kutter holt über und eine gewaltige Wasserflut rollt über das Deck. In diesem Moment stößt der Alte die Tür seines Ruderhauses auf, schreit einen Befehl, den der Sturm sofort schluckt. Niemand bemerkt ihn. Die Tür wird ihm aus der Hand gerissen und er verschwindet mit der rückläufigen Wasserflut im Nirgendwo. Sein Schrei geht im Getöse unter.

Die Mannschaft handelt flink, um sich selbst und das Schiff in den Griff zu bekommen. Sie machen eine Bestandsaufnahme der Schäden, um sie dem Alten zu melden. Doch der ist verschwunden – ist weder an noch unter Deck und auch nicht im Ruderhaus zu finden. Erschöpft und verzweifelt steuern sie den Heimathafen an, um der Ehefrau die Nachricht zu überbringen.

Zwischen Aufbruch und Ankunft liegen zwölf Stunden und ein ganzes Leben. *De Ole* wurde nie gefunden!

## SEGLER IN NOT

*Auf dem Weg vom Festland zur Hallig Hooge, 1946.*

Mein Großvater fährt mit dem Schiff von Bongsiel, ein kleines Dorf auf dem Festland, zurück nach Hooge. Sein achtjähriger Sohn, Neuton, ist wie so oft als Helfer dabei. Er sitzt auf der Kompassbank im Ruderhaus und lässt seinen Blick in alle Richtungen übers Wasser streifen. Er stutzt. Im ersten Moment kann er das, was er sieht, nicht einordnen. Treibt dort ein Schiff kieloben?

Er zeigt es seinem Vater und der reißt sofort das Ruder herum. Nach einer Viertelstunde haben sie die Unglücksstelle erreicht. Neben dem gekenterten Segelboot treiben zwei Männer in Rettungswesten. Gemeinsam versuchen sie das Boot aufzurichten und nach einigen Versuchen gelingt es. Der Anblick im Inneren ist verstörend. Zwischen Bank und Mast haben sich zwei Männer verkeilt. Sie sind tot.

Mein Großvater nimmt alle auf sein Schiff – die Toten und Lebenden – und dreht Richtung Pellworm zum Anleger am Schluut. Das Segelboot wird verankert und später von einem Fischer abgeholt. Neuton rennt zum Gastwirt und bittet um Hilfe, der benachrichtigt die Polizei und den Arzt der Insel. Der Polizist nimmt die Personalien und den Vorgang auf und nun klärt sich alles. Die Verunglückten sind Kaufleute, die auf dem Weg von der Hamburger Hallig zurück nach Hamburg waren. Der Arzt stellt die Totenscheine aus und untersucht die Überlebenden. Es geht ihnen den Umständen entsprechend gut. Sie müssen zurück ans Festland.

Und wieder fährt mein Großvater mit den Toten und Lebenden über das Meer. Am Pier in Husum erwartet sie die Familie mit einem Bestatter. Es gibt eine förmliche Verabschiedung mit dem Versprechen, dass man dem Jungen, der so fleißig mitgeholfen hat, etwas zukommen lassen würde.

Ziemlich oft wird mein Großvater von seinem Sohn gefragt, wann das Paket eintreffen würde. Es ist nie angekommen.

Mit einem kleinen Segelboot fuhren die Jäger zu den Sandbänken.

## LORD

*Lundenbergsand auf dem Festland.*
*In den Raunächten 1951/52.*

Zwischen Weihnachten und Neujahr liegen mein Vater und seine zwei jüngeren Brüder mit dem Schiff im Wattenmeer vor Lundenbergsand. Mein Vater ist 23 Jahre alt, seine Brüder Arde und Neuton sind 21 und 11 Jahre alt. Gemeinsam haben sie das Schiff voll Grand geschaufelt. Nun ist es zu schwer und die Flut nicht hoch genug, um es flottzubekommen. Seit zwei Tagen sitzen sie hoch und trocken.

Mittlerweile ist der Proviant aufgebraucht und sie beschließen, an Land zu laufen. Doch das Wetter ist unberechenbar. Regen peitscht ihnen ins Gesicht und Nebel nimmt ihnen die Sicht. Sie wissen nicht, ob sie noch in die richtige Richtung laufen.

Plötzlich Hundegebell!

Der eine sagt: »Dor lopen wi henn!«

»Nee«, sagt mein Vater, »dat doon wi nich!«

Er mag keine Hunde. Es ist weniger Angst, mehr Unbehagen. Seine Brüder folgen dem Bellen und Vater schließt sich ihnen notgedrungen an. Tatsächlich erreichen sie den Deich, aber wo sie genau sind, können sie immer noch nicht sagen.

Der Altdeutsche Schäferhund kläfft, reißt an seiner Kette und rennt um den Pflock, an dem er angebunden ist. Bei jeder seiner Bewegungen rasselt die Kette.

Der Bauer öffnet die Tür: »Hem jem sik verlopen? Awer eenerlei, kumm man eerstmaal rin.« (Habt ihr euch verlaufen? Aber egal, kommt erst einmal rein.)

Er lädt die Brüder in sein Haus und als sie eintreten, empfangen sie Wärme und der Duft nach Essen. Ohne zu fragen, stellt die Hausfrau Teller, Besteck und Gläser auf den Tisch. Es ist ein Festmahl! In den letzten Tagen hatten sie nur kalte Speisen gehabt. Als krönenden Abschluss serviert die Bäuerin Milchreis mit Zucker und Zimt und heißen Tee. Was könnte ihnen Besseres passieren?

Der Bauer fragt, wieso sie übers Watt gelaufen sind, wo sie herkommen und was sie vorhaben. Da alle drei Brüder keine Plaudertaschen sind, ist die Unterhaltung etwas einsilbig. Immerhin erfahren sie, dass sie auf der Eiderstedter Seite gelandet sind, und wissen, wie sie ihren Rückweg planen.

Beim Abschied bedanken sie sich für die Gastfreundschaft, das Essen und den Proviant, den die Frau ihnen mitgibt. Der Bauer öffnet die Tür und kalter Wind zerrt an ihrer Kleidung. Sie schlagen ihre Jackenkragen hoch und ziehen die Mützen herunter. Der Hund kläfft und die Kette rasselt.

»De köön'n jem ok mitnehm'n!«

»Wat?«

Mein Vater guckt etwas schmal, er will den Hund nicht mitnehmen und geht einfach weiter, aber seine Brüder binden den Hund los. Der folgt ihnen – ohne Bellen, ohne Kette, ohne sich noch einmal nach dem Bauern umzudrehen.

Als sie ihr Boot erreichen, klettert der Hund hinein, als hätte er nie etwas anderes gemacht. Der jüngste Bruder reicht ihm Wasser und teilt seinen Proviant mit ihm. Danach legt sich der Hund ruhig unter eine Bank an Deck, so als wolle er nicht bemerkt werden.

Weniger ruhig ist die Diskussion unter den Brüdern. Der Älteste spuckt Gift und Galle: »Sind jem dösig? Wat hem jem sik blots dorbi dacht. Jem weeten doch genau, dat Moder keen Hunde in't Huus hem wüll! Seht to, wodenni jem dat klorkriegen – ohne mi!« (Seid ihr verrückt? Was habt ihr euch bloß dabei gedacht. Ihr wisst doch genau, dass Mutter keine Hunde im Haus haben will. Seht zu, wie ihr das klarbekommt – ohne mich.)

Nachdem sich der Wortsturm gelegt hat, wird der Abend auf dem Schiff noch ganz schön. Sie essen vom Proviant und zünden sich Zigarren an. Rauch steigt auf und die jungen Männer erlauben sich, zu träumen. Vater erzählt von den Möglichkeiten, die ihm sein Schiff bieten könnte, und wie er sich sein Leben mit einer wachsenden Familie vorstellt.

Der mittlere Bruder träumt von der großen Fahrt und großem Patent. Der Jüngste hört zu und wird immer blasser. Plötzlich fällt er um und bleibt liegen. Die anderen Brüder gucken sich an und fangen an zu lachen.

»De eerste Zigarr weer wull een bäten to veel för em!«

Sie packen ihn in die Koje und machen sich auf den Weg nach Pellworm; denn das Schiff hat endlich genug Wasser unter dem Kiel.

Der Junge wacht erst auf, als sie anlegen. Da haben die Älteren schon beschlossen, dass er mit dem Hund nach Hooge fährt. Sie müssen schließlich auf Pellworm bleiben und Grand verkaufen. Der Junge protestiert, schimpft und flucht, doch seine Brüder bleiben unbeeindruckt. Er muss mit dem Bus zum Hafen am Schluut auf die andere Seite der Insel fahren. Dort legt das Postschiff nach Hooge ab. Still und gehorsam folgt ihm der Hund ohne Leine, erst in den Bus und dann auf das Postschiff. Alle, die den Altjahrsabend auf Hooge verbringen wollen, nehmen dieses Schiff und der Onkel des Jungen ist der Kapitän.

Onkel Hans guckt auf den Hund und fragt: »Hest du de op Lunnenbargsand funnen?« (Hast du den auf Lundenbergsand gefunden?)

Keine Antwort. Der Junge dreht sich weg und tut so, als hätte er ihn nicht gehört. Während der Überfahrt stellt er sich die Reaktionen seiner Mutter vor. Was auch immer sie sagen oder tun wird: Er hat Angst davor.

»Hein, so geiht dat nich! Ik wüll dat dore Tier nich in't Huus hem. Rut mit em in'e Stall un dor blifft he!« (Hein, so geht das nicht. Ich will dieses Tier nicht im Haus haben. Raus mit ihm in den Stall und da bleibt er.)

Die Mutter ist entsetzt und verbannt den Hund nach draußen in den Stall. Neben einem abgetrennten Teil des Stalls steht Neutons Bett und es dauert nicht lange, bis der Hund hineinhüpft und die Nacht am Fußende verbringt. Der Hund versteht sehr schnell, wann die Alten abends das letzte Mal nach dem Rechten sehen. Morgens, wenn sich etwas in der Küche regt, schlüpft er aus dem Bett in den Stall.

Der Hund findet ein Zuhause, seinen Vertrauten und bekommt einen Namen: Lord.

Lord ist stark, schnell und schlau, aber er ist kein Jagd-, sondern eher ein Hütehund. Er spürt die Zuneigung seiner Menschen und beschützt sie. Und auch wenn es meine Großmutter kaum zugeben würde, sie liebt ihn.

Einen Jagdhund bekommt mein Großvater Jahre später von einem befreundeten Jäger geschenkt: Harras, ein großes Tier mit glänzendem schwarzem Fell. Er ist ein Teufel, der tatsächlich im Stall bleiben muss. Er ist wild, ungestüm, eigenwillig.

Im Herbst begleitet Harras meinen Großvater zur Entenjagd. Um beide Hände für den Schuss frei zu haben, hat sich mein Großvater die Hundeleine um den Stiefel gebunden. Er legt sich auf dem Deich in Deckung, legt an, zielt und … Harras reißt sich los. Der Hund peitscht durch das Gras zu den Enten und der Stiefel hopst hinterher. Die Enten schnattern und flattern in die Höhe, Harras bellt und springt. Mein Großvater rappelt sich auf. Verdattert und wütend sieht er dem Spektakel zu.

Auf einer Jagd ganz anderer Art ist Harras dafür sehr erfolgreich. Eine Nachbarin meiner Großeltern hat Geburtstag und stellt ihre Torten in die kühle Waschküche. Sie will sie erst anschneiden, wenn alle Kaffeegäste eintreffen. Bei all ihren Vorbereitungen vergisst sie, die Tür zur Waschküche zu schließen. Harras nutzt die Gelegenheit und erlegt alle Torten. Nach seiner Jagd und dem Schmaus liegt er faul in der Sonne. In seinem Bart kleben Sahne und Buttercreme.

Als die Hunde alt und krank sind, will mein Großvater sie mit einem Gnadenschuss von ihrem Leid erlösen, aber bringt es nicht über sein Herz. Still nimmt er Abschied und überlässt es seinem Sohn.

Ungeplant und unverhofft waren Lord und Harras meiner Familie ans Herz gewachsen. Danach gab es keinen Hund mehr auf dem Hof.

Mein Großvater mit einem Gastjäger. Die lange Holzstange mit einem Haken am Ende konnte man auf zwölf Meter Länge ausklappen. Damit wurden die erlegten Seehund ins Boot geholt.

## TOD AUF DER SANDBANK

*Auf dem Schiff im Wattenmeer. August 1954.*

Es ist ein wunderschöner Tag. Die Spätsommersonne taucht alles in ein weiches Licht. Der Himmel strahlt, das Wasser glitzert und der Sand leuchtet. Austernfischer stelzen am Ufer entlang und ihre roten Schnäbel glimmen wie kleinen Flammen. Möwen zerfetzen mit ihrem Schrei die stille Luft. Ein Schiff zieht Spuren in das Wasser und fächert die Wellen hinter sich auf. Es fährt eine Seehundsbank an.

Mein Großvater steuert das Schiff und mein Onkel sitzt an Deck. Sie bringen zwei Jäger zu den Seehundsbänken. Der eine ist so alt wie mein Großvater, Mitte fünfzig, und steht vorne am Bug. Er ist ein erfahrener Jäger. Der andere ist jünger und man spürt ihm seine Unsicherheit an. Es ist seine erste Jagd in einem unbekannten Revier.

Mein Großvater lenkt sein Schiff so nah wie möglich zur Sandbank. Er ankert und holt das Beiboot längsseits. Mein Onkel rudert nun die Männer bis zur Sandbank. Die Tiere dösen in der Sonne. Ihr Fell wirkt fast silbrig. Sie liegen auf dem Bauch und ab und zu hebt sich eine Vorderflosse wie eine kleine Flagge.

Mein Onkel Neuton lässt die Männer aussteigen und rudert zurück zum Schiff. Sein Vater wird winken, wenn er sie wieder abholen soll. Die Männer krempeln sich die Hosenbeine hoch und robben auf dem Bauch über den Sand. Mein Großvater führt sie gegen den Wind, damit die Tiere sie nicht wittern. Als sie eine passende Stelle finden, winkeln sie die Unterschenkel an, als wären es Schwanzflossen, und positionieren ihre Flinten. Die Seehunde sind knapp dreißig Meter entfernt und drehen schon die Köpfe, doch es ist zu spät. Der ältere Jäger schießt und trifft. Er lässt die Waffe sinken, atmet aus und steht auf. Dann fällt er um. Mein Großvater beugt sich über ihn, will helfen. Er tastet Hals und Handgelenk ab – nichts. Er hält seine Hand an dessen Lippen, um den Atem zu spüren – nichts. Er drückt sein Ohr auf die Brust des Jägers – nichts. Der Mann ist tot.

Mein Großvater winkt seinem Sohn zu, dass er sie abholen soll. Der ist verwirrt. Wieso liegen da zwei Hunde? Es gab doch nur einen Schuss. Erst als er auf der Sandbank ist, begreift er, dass ein Mensch aus dem Leben gerissen wurde. So schnell kann es gehen, und nun?

Sie müssen den Mann nach Pellworm bringen. Es ist erschreckend und mühsam, den schweren, großen

Körper in das Beiboot zu hieven. Dabei ist der Höhenunterschied zwischen Sand und Boot nicht so groß. Viel schwieriger wird es, den Verstorbenen ins Schiff zu heben. Sie schaffen es, weil sie müssen. Sie legen den Mann unter das Vordeck und umhüllen ihn mit einer Persenning. Der schwere Stoff verwischt die Konturen des Mannes.

Mein Großvater geht noch einmal zur Sandbank, zieht dem Seehund das Fell samt Speckschicht ab und schneidet die Leber heraus. Der Kadaver bleibt zurück.

Mit ihrer traurigen Fracht fahren sie nach Pellworm und legen am Schluut an. Dort informieren sie den Wirt des Gasthauses und der ruft den Inselarzt. Es dauert nicht lange und der Inselarzt knattert mit seinem Moped den Deich herunter. Er untersucht den Verstorbenen und stellt den Totenschein aus. Dann ist er so schnell wieder verschwunden, als wäre er nicht da gewesen.

Der schöne Sommertag ist dunkel geworden. Die Nacht verbringen alle auf Pellworm, nur der Verstorbene bleibt im Schiff – wiegend auf dem Wasser und verborgen unter der Persenning. Erst am nächsten Morgen wird er nach Husum gebracht werden, wo seine Frau auf ihn wartet.

# WAL IN SICHT

*Hallig Hooge. Dezember 1984.*

»Ik seh hier vör de Kant een Waal swimmen. Kikkst du maal, wat du de ok sühst?«

Es ist der 22. Dezember, als mein Onkel diesen Anruf von Westerwarft auf Hooge bekommt. Gemeinsam mit seinem Sohn Heini macht er das Schiff klar und sie folgen dem Wal, der Richtung Festland schwimmt.

Die Halligbewohner sind in großer Aufregung.

»Een Waal hier bi uns?«

»Wahnsinn!«

»So dicht kaamen de doch sunst nich ran…«

Sie schauen übers Wasser und wollen den Wal sehen oder wenigstens seinen Blas. Jeder will ihn sehen. Jeder will mitreden. Doch genauso schnell, wie er gekommen ist, ist er auch wieder verschwunden. Noch lange sinnieren die Menschen, was ihn fernab seiner Wanderroute in ihre flachen Gewässer gelockt hat.

Mein Onkel und sein Sohn folgen dem Wal. Er hat sich vom Festland abgewendet und schwimmt zwischen den Sandbänken bis nach Jappsand. Stundenlang verfolgen sie seinen Blas bis ins offene Meer. Irgendwann drehen sie bei, doch nun verfolgen sie den Wal in Büchern. Jetzt wollen sie es wissen: Was war das für ein Tier?

Sie wissen, dass der Postschiffer Bücher über Wale hat. Also besuchen sie ihn und wälzen sich durch Texte über Größe, Länge, Form. Es muss ein Weißwal gewesen sein. Der war weiß? In der Aufregung haben sie nicht darauf geachtet, aber ja, er war schnell, groß und hellhäutig. Seine Tarnung für die Arktis macht ihn in der dunklen Nordsee erst recht sichtbar.

Heute besuchen uns ab und zu Schweinswale. Während ihrer Wanderungen tummeln sich diese Delfine oft vor Sylt. Der Seehund ist das populärste Tier der Nordsee. Sein Brüllen, Grunzen und Bellen trägt der Wind über das Meer. Der Bestand hat sich erholt und wenn man die Tiere auf den Sandbänken dösen sieht, heben sie manchmal ihre Vorderflosse wie eine kleine Flagge.

Karola Höhn (UFA Star) mit meinem Großvater auf Jagd.

Die »Pidder Lüng«, eines der Schiffe meines Großvaters.

## STURM ÜBER DER NORDSEE

*Auf der Nordsee, 1983.*

Mein Bruder Arne arbeitet als Leichtmatrose auf einem Küstenmotorschiff. Die *Baldur* ist 95 Meter lang und hat zehn Besatzungsmitglieder. Das Schiff startet in einem schwedischen Hafen und hat Paketholz geladen. Sein Bestimmungshafen ist Aschdod in Israel. Die *Baldur* ist bis obenhin beladen, nicht nur die Ladeluke ist voll, sondern auch auf dem Deck liegt das Paketholz in zwei Lagen von vorn bis achtern. Je höher das Gewicht, umso schneller wird der maximale Tiefgang des Küstenmotorschiffes erreicht. Maximaler Tiefgang, maximaler Verdienst. Eine ganz einfache Rechnung!

Die Besatzung sichert das Paketholz mit *Lashings.* Für jedes Schiff gibt es einen genauen Plan, wie die Ladung mit Schlaufen, Seilen oder Stangen befestigt wird, damit ein *Außenbordgehen* vermieden wird, egal, welches Wetter herrscht.

Nachdem die *Baldur* das Skagerrak, eine Meerenge zwischen Norwegen, Dänemark und Schweden, passiert hat, erreichen sie in der Nacht die Nordsee.

Mein Bruder hat Wache und ist mit dem Zweiten Steuermann auf der Brücke, der Kapitän will gerade gehen. Als der Wetterbericht Wind bis hin zu Orkanböen meldet, bleibt auch der im Ruderhaus.

Der Wind schwillt an und erreicht Geschwindigkeiten bis zu hundert Kilometer in der Stunde. Die Wellen türmen sich bis zu fünfzehn Meter hoch und ihre Wellenkämme werden zu Gischt zerfetzt. In der finsteren Nacht rollen und grollen die Wellen. Sie sind riesige Gespenster in weißen Gewändern, die mit dem Schiff spielen. Aber die *Baldur* hält stur die Nase in die See, als wolle sie sagen: Nicht mit mir! Kapitän und Steuermann sind zuversichtlich, auch wenn einem das Heulen des Sturms durch die Glieder fährt.

Mein Bruder hält das Steuer. Bei dieser extremen Wetterlage wird das Selbststeuerungssystem ausgeschaltet, denn nur mit langsamer Fahrt kann das Schiff gegen die Wellenberge steuern – abwettern, nennen es die Seeleute.

Mein Bruder Arne hält das Steuer und die Zeit scheint stillzustehen. Minuten ziehen sich zu Stunden. Das Meer zerrt an dem Schiff, hämmert gegen das Ruderhaus, schlägt gegen die Luken, ergießt sich über das Deck. Die Navigationsgeräte zeigen schon längst nicht mehr an, wo sich das Schiff befindet. Es ist unsinnig, dass Kapitän und Steuermann auf ein defektes Gerät starren, daher ziehen sie sich in den

Kartenraum zurück. Obwohl es dunkel ist und obwohl mein Bruder mit dem Steuer beschäftigt ist, spürt er, wie sich etwas verändert hat. Er ruft den Kapitän.

»Jung, denn maak man mol de Deckstrohlers an, dat wi wat sehn köön'n!«

Der Steuermann kommt dazu und legt die Schalter um. Die Strahler gehen an und zeigen die Verwüstung. Die Decksladung aus Paketholz ist von der immer wieder überkommenden See von den Luken gewaschen worden. Alles weg! Die zerfetzten und gebrochenen *Lashings* hängen zum Teil außenbords. Holz hat sich in der Gangbord zwischen Backbord und Steuerbord gesammelt und schwimmt bei jedem Wellenberg, der die *Baldur* überrollt, hin und her.

Das künstliche Licht der Strahler lässt alles noch unheimlicher und bedrohlicher wirken. Dem Kapitän fällt es schwer, sich bei der heftigen Schaukelei auf den Beinen zu halten. Er wird zunehmend nervöser, trotzdem hat er das Vertrauen, dass sein Schiff den Orkan aushält. Wäre nur nicht das defekte Navigationsgerät. Seit Stunden kann der Steuermann keine Schiffsposition mehr in die Karte eintragen.

Über UKW-Kanal 16 funkt der Kapitän: »The ship on my portside, distance four miles of me, please give me your position. Our Decca is just broken!«, gibt er an ein in der Nähe fahrendes Schiff durch.

Das funkt zurück, schickt seine Position und einen Gruß. Seine Positionslichter tauchen in einiger Entfernung längsseits auf und verschwinden hinter Wellenbergen. Der Steuermann beginnt mit einer Entfernungsmessung auf dem Radargerät und den Koordinaten des anderen Schiffes, ihren Standort zu berechnen.

Währenddessen setzt der Kapitän einen Hilferuf an die Küstenfunkstelle »Lyngby Radio« in Dänemark ab, um Kontakt zur Reederei und dem Charterer aufzunehmen. Um noch mehr Schäden an Schiff und Ladung zu vermeiden, erlässt die Reederei die Order, dass die *Baldur* mit achterlichem Wind beidrehen soll. Also zurück! Zurück durch das Skagerrak und dann über die Ostsee bis in den Nord-Ostsee-Kanal.

Später arbeitet die gesamte Mannschaft auf, was die See angerichtet hat: zerfetzte *Lashings* einsammeln, zerstörte Ladung sichern, Brauchbares bergen.

Als das Schiff den Kanal passiert, ist alles geregelt, das Schiff wieder seeklar. Es kann sich auf den Weg machen. Als sie die Schleuse bei Brunsbüttel verlassen, herrscht *handiges* Wetter. Der Umweg hat viel Zeit gekostet, aber die hat der Orkan gebraucht, um sich abzuschleifen.

Eine ruhige Reise bahnt sich an, doch das Erlebte hinterlässt einen tiefen Eindruck bei meinem Bruder. Das Meer ist eine Urgewalt!

## TEIL 2

# EINMAL HELSINKI UND ZURÜCK

*Auf der Ostsee. Winter 1974.*

Ich kenne den Thiessenkai in Kiel. Hier stieg ich ein, wenn ich in den Sommerferien mit dem »Kümo« durch die Nord- und Ostsee aufbrach. Das Küstenmotorschiff meines Onkels Arde lud mich damals als Feriengast ein, doch heute ist es anders. Ich werde sein Smutje sein und für ihn und seine fünfköpfige Mannschaft kochen. Ich hoffe, dass die Reise, die See und die Arbeit mir helfen, mich aus meinem Tief zu befreien.

Seit fünf Semestern studiere ich Humanmedizin und bin gerade zum zweiten Mal durchs Physikum gefallen. Das erste Mal wegen Faulheit vor dem Herrn und das zweite Mal, weil ich meine große Liebe verloren habe. Der Mann, der mir alles bedeutete, hat sich das Leben genommen. Meine Traurigkeit ist tief wie die See und Hoffnungslosigkeit nebelt mich ein. Ich habe keinen Plan und weiß nicht, was ich mit mir anfangen soll. Studieren? Einfach weitermachen? Womit und wozu?

»Kannst du nich een poor Reisen as Koch mitfohrn? Hanje mutt maal een Pause hem!« (Kannst du nicht ein paar Reisen als Koch mitfahren? Hanje muss mal eine Pause haben.)

Die Frage meines Onkels kam zum richtigen Zeitpunkt und nun stehe ich an einem eisigen Februartag und warte, dass das Schiff festmacht. Ich ziehe die Pelzjacke fester um mich. Sie riecht noch nach 4711, dem Duftwasser meiner Oma. Ich habe sie ihr abgeschwatzt. Sie wärmt mich und irgendwie tröstet sie mich auch.

Je länger ich warte, umso größer werden meine Zweifel. Ich habe noch nie dreimal am Tag eine warme Mahlzeit gekocht – schon gar nicht auf einem Schiff. Ja, ich koche gern und während des Studiums habe ich in der Studentenkneipe gekocht.

»Denn maak dat gut«, wünscht mir Tante Hanje und nimmt mich in den Arm. Sie ist immer da, wenn in den Familien meines Vaters Hilfe gebraucht wird. Nun hat sie ihren Seesack geschultert, verabschiedet sich von der Crew und stapft von Bord zu einem Taxi. Ich sehe ihr nach, wie sie voller Tatkraft geht, während die Besatzung mich ansieht und meine Tatkraft hinterfragt.

»Kannst du ok koken oder bist du blots de Nichte von de Ole?«

»Koken kann ik ok. Jem hem je genoch Tied, um dat to beurdeeln.« (Kochen kann ich auch. Ihr habt ja genügend Zeit, es zu beurteilen.«)

Stumm sehen sie mich an, als würden sie auf ihren Gedanken kauen. Dann dreht sich einer um, schnappt sich mein Gepäck und nickt mir zu. Ich folge ihm. Die Kammer, in die er mich bringt, kenne ich von meinen Ferienfahrten. Sie ist übersichtlich: Koje, Minibad und Spind. Tisch, Regal und zwei Stühle. Drei Bullaugen lassen Licht in meine Kajüte – und Himmel und Weite. Ich ziehe mir etwas Bordtaugliches an und suche die Kombüse auf. Tante Hanje hat schon alles für die warme Abendmahlzeit vorbereitet. Ich muss lächeln, als ich die gekochten Kartoffeln sehe, den gewürfelten Speck, die Eier, Schüssel, Pfanne und die Milch. Ich sehe sie vor mir, wie sie flink und effizient durch die Kombüse wieselt. Selbst für den Salat hat sie alles hergerichtet und ich habe noch eine Stunde Zeit, bevor die Mannschaft zum Essen kommt.

Ich will zu meinem Onkel auf die Brücke gehen, doch der verhandelt mit dem Schiffsmakler wegen irgendeiner Bestellung. Die Schleusentore sind noch geschlossen. Nichts bewegt sich, also richte ich mich in meiner Kajüte ein, bis die Abendmahlzeit naht.

Ich binde mir ein Handtuch über die Hose und stecke es im Bund fest. Gerade als ich den Gasherd einschalten will, fangen die Maschinen an zu stampfen.

»Kommando zurück«, sage ich mir als Smutje und drehe die Regler wieder auf null. Es wird noch dauern, bis die Mannschaft hungrig einfällt.

Von der Brücke aus beobachte ich, wie sich das Schiff langsam vom Pier löst und durch die geöffnete Schleuse in die Kieler Förde gleitet. Es ist immer etwas Besonderes, wenn die Reise losgeht. Die Gedanken schwimmen dem Schiff voraus samt den Fragen, was wohl zu erwarten ist. Wird alles gut gehen oder gibt es unvorhergesehene Pannen? Wird das Wetter mitspielen? Immerhin sind wir im Winter auf dem Weg nach Helsinki. Wie wird die Stimmung an Bord sein? Werde ich die Mannschaft gut bekochen können? Werde ich mein Tief überwinden können?

Eine Stunde später sitzen die Jungs am Esstisch in der Messe. Außer dem Klappern des Geschirrs und dem Schaben des Bestecks ist nichts zu hören. Schweigend kauen sie sich durch das Bauernessen. Mein Onkel und der Lotse sind auf der Brücke. Ich bringe ihnen das Essen und das Allerwichtigste – eine frische Kanne Kaffee.

»Weer ganz gut. Schöne Obend«, sagen die Jungs, als ich wieder in der Messe bin.

Sie haben die Teller zusammengeräumt und in die Spüle gestellt. Mir bleibt die Backschaft: abwaschen, aufräumen und putzen. Ich richte Brote, Tee und Kaffee für die Männer in der Nachtschicht und bereite das Frühstück für morgen vor, damit es warm und pünktlich Viertel vor sechs auf dem Tisch steht.

Bevor ich in meine Kammer gehe, besuche ich meinen Onkel auf der Brücke. Er ist jetzt allein, denn der Lotse ist mit dem Lotsenboot zum nächsten Einsatz aufgebrochen. Alles ist so, wie ich es aus Kindertagen kenne. Mein Onkel läuft auf der Brücke hin und her, schaut in die Weite und auf seine nautischen Geräte. Die Zigarette hängt ihm im Mundwinkel und in der Hand hält er den Kaffeebecher. Er ist konzentriert und trotzdem hört er mir zu, wenn ich von zu Hause und dem Studium erzähle. Es tut mir gut, einfach über meine Zweifel, die Trauer und die Unsicherheit, aber auch über die Neugier auf das, was kommt, zu reden. Auch wenn einer nur zuhört und nichts sagt! So wie mein Onkel, Nordfriese durch und durch!

Es war ein langer Tag. Ich atme die Anspannung aus und die kühle Seeluft ein. Ich hebe meinen Blick zum Himmel. Er ist verhangen, nur vereinzelt blinzeln Sterne auf. Mein Onkel wird auf seinem Posten bleiben, selbst wenn die Ablösung da ist. Sechs Stunden wachen, sechs Stunden frei – diese Regel bricht er. So ist das, wenn man Kapitän auf dem eigenen Schiff ist. De Ole is ümmer in' Deenst.

Ich lege mich in meine Koje. Das eintönige Stampfen der Maschinen und die sanfte Bewegung des Schiffes wiegen mich in den Schlaf!

# ZWISCHENSTOPP KOPENHAGEN

Der Wecker scheppert und schubst mich aus meinen Träumen. Aufstehen zu so früher Stunde ist Quälerei. Tante Hanjes Weisungen pochen in meinen Schläfen und drängen mich aus der Koje. Nützt ja nix! So redet sie und geht ans Tagwerk. Nützt ja nix, mahne ich mich. Also Katzenwäsche und ab in die Kombüse.

Wieder koche ich Tee und Kaffee. Ich brate Eier und Speck, wärme Bohnen und Tomaten auf und decke den Tisch. Pünktlich um 5:45 Uhr kommt der Wachhabende, der seinen Dienst beginnt. Um 6:00 Uhr kommt der, dessen Schicht beendet ist.

Das Tablett mit dem Essen trage ich auf die Brücke. Mein Onkel steht dort, als hätte er sich seit gestern Nacht nicht wegbewegt. Es ist noch dunkel, doch die roten und grünen Lichter der Leuchttonnen künden schon den nächsten Hafen an: Kopenhagen.

In der Kombüse spule ich mein Programm ab: abwaschen, aufräumen, putzen und alles für die nächste Mahlzeit vorbereiten. Dann eile ich zurück auf die Brücke, um den Einlauf in Kopenhagen mitzuverfolgen.

Erinnerungen tauchen auf, wie ich als Jugendliche mit einer Freundin die Ferien auf dem Schiff verbrachte. Wir reisten von Kiel nach Jersey und weiter bis Kopenhagen. Damals lag in der Nähe unseres Kais der größte Flugzeugträger der amerikanischen Flotte. Imposant und großartig! Noch großartiger aber war ein Offizier. Der Kontrast seiner weißen Ausgehuniform mit den vielen Orden zu seiner dunklen Hautfarbe war atemberaubend. Ich hatte noch nie einen so schönen Mann gesehen und plötzlich war Kopenhagen unwichtig! Zu träumen, mich nach etwas sehnen, was ich gar nicht richtig benennen konnte, etwas zu fühlen, über das ich bislang nur in Büchern gelesen hatte. Das war wichtig!

Statt des Flugzeugträgers liegt ein mittelgroßes Containerschiff am Pier und von einem schönen Mann ist auch nichts zu sehen. Diesmal ist Kopenhagen wichtig. Ich plane meine Arbeit so, dass ich nachmittags freihabe, und spaziere durch die Stadt. Man kann sich nicht verlaufen. Die Straßen führen geradlinig zu den wichtigsten Orten wie dem Kanal Nyhavn mit den bunten Häusern, dem Rathaus mit seinem Drachenturm, dem Tivoli oder Schloss Amalienborg. Die Schlosswachen könnten einem Märchen entsprungen sein. Sie tragen rote Jacken, weiße Hosen und schwarze Stiefel. Die Fellmützen sehen so aus, als würde ein kleiner Bär auf ihrem Kopf sitzen und sich stolz in die Höhe recken. Die kalte Luft tut mir gut und ich lass meine Gedanken durch diese schöne alte Stadt spazieren. Einer meiner Vorfahren war Kammerdiener eines dänischen Königs gewesen und ein anderer erhielt einen Orden, weil er den Prinzen von Anjou mit seinem Schiff von Riga nach Colmar gefahren hat. Der Prinz wurde später zu König Ludwig XVIII. gekrönt. Mir gefällt es, in die Vergangenheit zu schauen, denn das ist leichter, als eine neue Zukunft zu sehen.

Ein paar Stunden später stehe ich wieder an Deck und sehe, wie Kopenhagen ganz langsam achterlich verschwindet. Nach der letzten warmen Mahlzeit und der Backschaft zieht es mich wieder auf die Brücke. Der freie Himmel, die klare Luft und das Mondlicht faszinieren mich. Das Wasser ist so still, dass der Mond sich halbrund darin spiegelt.

»Ik glööv, dat gifft Schnee«, sagt mein Onkel. »De Wedderbericht warnt ok för Ies!«

Das Erste beunruhigt mich nicht, das Zweite schon, denn Eisbildung auf dem Schiff erschwert die Arbeit, macht Geräte unbrauchbar, kann Schiffe sogar zum Kentern bringen. Eis im Wasser stört die Navigation. Mein Onkel muss das Wasser beobachten, ab wann sich aus einem Eisbrei Eisschollen bilden.

Wieder geht ein Tag zu Ende. Ich ziehe mich in meine Kajüte zurück und lese. Die freie Zeit verbringt jeder für sich. Es ist, als wenn wir Abstand brauchen, weil man schon zusammen arbeitet, isst und auf engem Raum miteinander auskommen muss. Es werden nie viele Worte gemacht – mal eine Anweisung, mal ein Witz, mal ein Gedanke, wie der Tag war. Der Umgangston ist unaufgeregt. Sabbeltaschen und Selbstdarsteller passen nicht hierher.

Die Zeit schwimmt auf dem Meer. Sie ist gemächlicher als an Land. Ich versuche, mich von dem Gleichmaß und der Ruhe tragen zu lassen. Ich habe Zeit zum Lesen und Denken und Innehalten.

## WASSER UND EIS

Es ist ein Wintertraum – Schnee, Eis und Sonne. Es ist, als wäre der Himmel eingefroren. Stahlblau spannt er sich über die schwedische Küstenlandschaft. Die Schären sind von Schnee bedeckt und Eis klammert sich an ihre Ufer. Das Sonnenlicht ist so gleißend, dass ich meine Augen schließen muss.

Je näher wir dem Finnischen Meerbusen kommen, umso kälter wird es. Das Thermometer sinkt tagsüber auf minus zehn und nachts auf minus fünfzehn Grad Celsius. Auch der Nachthimmel ist faszinierend. Seine Farben vermischen sich mit Dunkelblau, Lila und Schwarz. Der Mond glimmt silbern und reflektiert sich im Schnee, bis sich schwere Wolken über den Himmel wälzen. Dick legt sich der Schnee auf die zerfurchte Landschaft, auf Schiffe und aufgeworfene Eisschollen.

Mein Tag verläuft in einer wohltuenden Routine. Arbeiten und Lesen, Kombüse und Koje, Brücke und In-die-Welt-Gucken wechseln sich ab. Im Gleichmaß der Schiffsmotoren spult sich mein Tag ab. Dann plötzlich Stillstand. Wir stecken im Eis fest. Mein Onkel hat den Eisbrecher gerufen, doch es dauert lange, bis er uns erreicht. Auch wenn sich das Schiff nicht bewegt, ich gleite weiter durch mein Tagwerk und gönne mir erst eine Pause, als ich alles erledigt habe.

Auf der Brücke bietet sich mir ein Schauspiel. Der Himmel leuchtet rot und das Eis reflektiert rosa sein Licht. Ein großes Schiff fährt auf uns zu. Ich höre das Stampfen seiner Maschinen und das Brechen von Eis. Der Schornstein des Eisbrechers pustet schwarze Kugeln in die Luft, die sich langsam vor dem rosafarbenen Himmel auflösen.

Mein Onkel pustet Zigarettenrauch in die Luft. Unser Schiff bewegt sich noch immer nicht, dafür läuft mein Onkel im Ruderhaus auf und ab und raucht eine Kippe nach der nächsten. Zwei Bobschlitten gleiten übers Eis. Ich entdeckte sie erst, als sie nah am Schiff sind. Sie bringen die Lotsen, der eine steigt zum Eisbrecher, der andere zu uns. Endlich kann es losgehen. Wenn sich die Lotsen unterhalten, klingt es geheimnisvoll und unwirklich. Die finnische Sprache ist wie berstendes Eis, gurgelndes Wasser oder pfeifender Wind.

Drei Tage lang kriecht unser Schiff dem Eisbrecher hinterher. Die Arbeit ist für die Mannschaft hart und gefährlich. Das Deck ist aalglatt und sämtliche Trossen sind vereist. Die Schotten und Luken sind festgefroren und trotzdem muss alles funktionieren.

Umso wichtiger, dass ich die Jungs mit gutem Essen und warmen Getränken versorge. Als wir Helsinki erreichen, gehen die Lotsen von Bord und bedanken sich beim Abschied für die gute Verpflegung.

Mein Onkel ist völlig übermüdet. Er hat sich keine Pause gegönnt, nun ist seine Stimme heiser vom vielen Rauchen und die Augen sind rot und glasig. Trotzdem muss er noch den Makler und Zoll abwickeln, bevor er sich für ein paar Stunden in die Koje verziehen kann. Ich melde mich zum Landgang ab.

## HELSINKI

Finnland habe ich einmal mit meinem Onkel im Sommer erlebt. Der Schiffsmakler lud uns auf Smörrebröd und Tanz ein. Wir fuhren durch endlose Birkenwälder landeinwärts nach Pori, einem kleinen Ort weiter nördlich. Als ich ausstieg, versank ich in einer Mückenwolke. Zum Glück schmeckte ich den Viechern nicht, sie ließen von mir ab und ich konnte das Fest genießen. »Baila la Yenka« war der Sommerhit des Jahres. Er war fröhlich und beschwingt – fast wie ein Kinderlied. Gerade richtig zum Tanzen!

Wieder zu Hause, zeigten Freundinnen mir stolz einen neuen Tanz aus Finnland, den ich nicht mehr lernen musste. In Deutschland wurde er unter dem Namen »Letkiss« bekannt.

Ich laufe durch die vereiste Stadt und kann ahnen, wie unbeschwert es hier im Sommer ist. Alles ist großzügig gebaut. Die Festung aus dem 18. Jahrhundert liegt wie ein Stern auf der Halbinsel. Über der Stadt erheben sich der weiße Dom und die rote Uspenski-Kathedrale. Wie gegensätzlich diese Bauwerke sind! Die Kathedrale hat kantige, spitze Formen und viele kleine Türmchen. Der Dom trägt ein großes Kuppeldach und Säulen tragen sein Portal. Im Inneren versinkt man in seinem cremig-weichen Licht.

Es ist kalt, aber ich habe es mir schlimmer vorgestellt. Vielleicht wärmt mich die Schönheit dieser Stadt mit ihren Geschäften und bunten Häuserfassaden. Ein Pelzgeschäft lockt mich. Ich trage schon Omas Felljacke und nun suche ich mir eine Mütze aus Waschbärfell aus. Sie hat eine gewaltige Krempe, ist wuchtig und unglaublich flauschig.

Als ich an Bord gehe, necken mich die Jungs.

»Schicke Hoot! Gäv de dat nich noch een bäten gröter?«

Mir gefällt er. Immer wieder taste ich an meinen Kopf und spüre das weiche Fell zwischen meinen Fingern. Meine Hände gleiten über mein Gesicht und ich erstarre. Ich fühle meine Nase nicht. Ja, sie ist da. Meine Fingerspitzen fühlen die Nasenflügel, doch meine Nase fühlt nicht die Finger.

Ich laufe zu meinem Onkel.

»Ik mark nich, dat ik een Nees heff!!!«

Er lacht.

»Lachst du mi ut?«

Frechheit! Er erklärt, dass die Luft hier so trocken ist, dass man die Kälte nicht spürt. Das wird einem erst bewusst, wenn man ins Warme kommt. Was es nicht alles gibt!

Die Ladung ist vollständig gelöscht, neue für Kopenhagen und Rotterdam geladen. Als der Lotse am Morgen an Bord ist, legen wir ab. Es ist nicht mehr arktisch kalt, denn die Temperaturen sind von minus achtzehn Grad auf minus acht gestiegen. Da der Finnische Meerbusen ständig befahren wird, halten ihn Eisbrecher offen.

Heute habe ich mir einen Großputz vorgenommen. Ich putze und sortiere mich durch die Regale der Vorratskammer und die Schränke in der Kombüse. Voller Schwung wedle ich in meiner Kajüte weiter.

Die Jungs fragen: »Büst du krank?«

»Jem sind je blots neidisch, weil jem jern Miss allein reinmaaken möten.« (»Jetzt seid ihr bloß neidisch, weil ihr euren Mist alleine saubermachen müsst«)

Wir erreichen Kopenhagen, doch viel Zeit für einen Landgang bleibt nicht, trotzdem husche ich in die Innenstadt zum Schaufenstergucken. Zuerst drücke ich mir bei *Georg Jensen* die Nase platt. In der Auslage liegen Gold- und Silberschmuck, Tafelgeschirr sowie schöne Schalen und Aufsätze. Das, was hier geboten wird, übertrifft meine finanziellen Möglichkeiten, aber träumen darf man – soll man sogar. Zufällig komme ich an einem Laden der Manufaktur *Bing und Groendahl* vorbei. Hier lockt Porzellan in all seinen Formen und Farben. Vielleicht kann ich mir irgendwann mal so eine Kostbarkeit leisten. Ich lasse meine Wünsche in Kopenhagen und gehe an Bord.

Wir steuern den Nord-Ostsee-Kanal an. Fast hundert Kilometer zieht sich der Kanal durchs Marschland von der Kieler Förde bis zur Brunsbütteler Elbe. Schleusen regulieren den Höhenunterschied zwischen Nord- und Ostsee. Wir müssen geduldig sein, denn viele wollen den Kanal passieren. Endlich machen wir am Thiessenkai fest und mein Onkel verhandelt mit dem Makler, einmal mehr! Derweil stöbere ich mit den Jungs im Geschäft des Schiffsausrüsters. Ich brauche nichts, trotzdem oder deswegen ist es schön, unbeschwert mit den Jungs herumzualbern.

Die Routine hat mich im Griff: Waren einräumen, Essen richten, Tee und Kaffee kochen, Backschaft machen. Mit meinem Tablett trage ich die Speisen zur Brücke und setze mich still in eine Ecke. Wir warten, dass wir in die Schleuse können. Die Warterei kostet meinen Onkel Geld. Je schneller die Reise verläuft, umso mehr kann er verdienen. Zeit ist Geld, oder?

Am Morgen zeigt sich das gleiche Bild. Wir warten, dass wir aus der Schleuse können. Die Fahrt auf dem Kanal habe ich verschlafen. Sitzen, gucken, schlafen. Der normale Alltag an Bord.

Der nächste Hafen ist Gravesend an der Themse.

## ROUTINE MACHT VIEL AUS, ABER NICHT ALLES!

In Brunsbüttel ist Lotsenwechsel. Der Elblotse kommt, der Kanallotse geht. Ich kümmere mich um das Mittagessen. Obwohl ich nicht gerne backe, habe ich den Jungs Kuchen versprochen. Ich gebe mir einen Ruck.

»Wat mutt, dat mutt.«

Inzwischen steuern wir in die Deutsche Bucht gen England. Ich folge den Spuren meiner Vorfahren. Unter widrigeren Umständen waren sie unterwegs. Sie hatten keine Motoren, sondern fuhren mit Segelschiffen. Das Flattern der Segel zeigte ihnen, ob sie gut vorankamen oder kreuzen mussten. Ihre Kajüten glichen kleinen Löchern, die man im besten Fall mit Tüchern abhängte. Es war dunkel, feucht, stickig. Der Koch bemühte sich, aus seinen Vorräten etwas Nahrhaftes zuzubereiten. Je länger die Fahrt dauerte, umso schwieriger wurde das. Der Proviant an Bord ging schnell zur Neige oder setzte Schimmel an. Das Wasser war brackig und musste abgekocht werden. Im Mehl tummelten sich die Würmer, ihnen ging es am besten. Die Arbeit blieb hart und der Bauch leer.

Schlafmangel und Heimweh zerrten an der Seele. Ich frage mich oft, wie sie das schafften, und vor allem: Warum ließen sie sich Jahr für Jahr darauf ein? Neugier, Geldnot oder Abenteuerlust? Es war wohl von allem etwas!

Hans-Peter, ein Cousin meines Vaters, fuhr als Kapitän von Hamburg nach Afrika. Er war ein guter, gerechter und grieser Mann. Gewitzt und gerissen war er besonders in der Makrelenzeit. Dann angelte er mit seiner Crew auf der Doggerbank seelenruhig Makrele um Makrele. Die Reise verzögerte sich und die Reederei war besorgt, denn Zeit ist wie gesagt schließlich Geld. Meistens gab er auf der Weiterfahrt mehr Knoten, sodass die Verzögerung finanziell nicht ins Gewicht fiel.

Einmal brachte Hans-Peter von seiner Afrikareise eine grüne Meerkatze mit. An Bord konnte sie nicht bleiben, aber wohin damit?

Er steckte den Affen in einen Käfig, legte Bananen dazu und brachte alles zu *Moder un Vadder* nach Hooge. Ob die sich wohl gefreut haben? Nein! Anfangs war das niedliche Tier die Attraktion. Jeder wollte es sehen, bis sich herausstellte, dass es ein Teufel in schöner Gestalt war. Es brachte die Eltern zur Verzweiflung. Eines Tages war der Affe tot und keiner wusste, woran er starb. Aber ich weiß, dass meine Großtante und mein Großonkel sehr erleichtert waren.

Auf der Fahrt nach England schwimmen die Erinnerungen an mir vorbei und als der Themselotse an Bord kommt, weiß ich, dass wir gleich in Gravesend landen.

Die Hafenstadt hat eine sehr schöne Seebrücke – ein Bau aus weißem Holz mit Dach und Türmchen. Doch wir werden an einen Betonpier gelotst, wo Kräne unser Stückgut entladen.

Ich plane meinen Landgang. Nach nur einer halben Stunde Zugfahrt erreiche ich London. Ich trete aus dem Bahnhof und bin völlig überfordert. Es ist laut und hektisch. Lichter flimmern und Abgase steigen auf. Der Linksverkehr verunsichert mich. Zu welcher Seite muss ich zuerst schauen?

Ich versuche möglichst viel in der knappen Zeit zu sehen und nehme eine typische Touristenroute: Tower Bridge, St Paul's Cathedral, Westminster Abbey, Big Ben und Buckingham Palace. Völlig erschlagen, erschöpft und mit runden Füßen erreiche ich das Schiff. Ich bin so voller Eindrücke, dass ich das Gefühl habe, tagelang unterwegs gewesen zu sein. In den gleichtönigen Stunden auf See lass ich meine Erinnerungen noch einmal Revue passieren, wie die *Beefeaters,* die vor dem Tower marschieren.

Wieder wurde der Lotse abgelöst und wir steuern gen Osten nach Rotterdam. Mein Menüplan für das Mittagessen steht: Erbsensuppe mit Würsten und

Grießflammeri mit Kirschsaft. Wie erwartet, hauen die Jungs rein und lassen nur einen Rest Suppe übrig.

Der Wind frischt auf und verwandelt sich in einen Sturm. Immer wieder passe ich meine Bewegungen dem Wellengang an, nur die Erbsensuppe macht, was sie will. Als ich sie am Abend aufwärme, gerät der Topf in Bewegung. Trotz der Schlingerleisten um die Kochstelle, kippt er um und die heiße Suppe schwappt über Herd und Boden.

»Wat för een Schiet!«

Schnell springe ich zur Seite und bleibe unversehrt. Ein Grund, um dankbar zu sein, aber Schweinkram ist und bleibt Schweinkram.

Die Jungs amüsieren sich und witzeln: »Du Dussel. Hest ok vun nix een Aahnung.«

Doch, oh Wunder, sie helfen mir und wischen die Kombüse auf.

## ROTTERDAM ODER DER REST VOM FEST

Der Hafen in Rotterdam zieht mich nicht in den Bann. Er liegt so weit außerhalb von der Stadt, dass sich ein Landgang nicht lohnt. Ich mache mich mit dem Gedanken vertraut, dass ich jetzt alles zum letzten Mal mache. Noch einmal die Mahlzeiten herrichten, noch einmal in der Koje schlafen, noch einmal das Einlaufen erleben.

Ja und dann? Was werden die nächsten Tage und Wochen bringen, und überhaupt, was hat mir die Reise gebracht? Was habe ich gelernt?

Meine Arbeit an Bord ist mir leichtgefallen und sie hat Spaß gemacht. Es war erfüllend, Tante Hanjes Aufgaben zu übernehmen. In den stillen und dunklen Stunden konnte ich mich nicht ablenken, sondern stellte mich meinen Gedanken und Gefühlen. Meine Gedanken waren immer noch voller Trauer, aber dazwischen machte sich ein wenig Hoffnung breit. Ich wollte weiterstudieren, mich neu auf das Leben einlassen! Die Natur zeigte mir einen großen Himmel und glitzerndes Eis, hellweiße Tage und tiefschwarze Nächte, knarzende Kälte und schäumende

Wellen. Das alles zu sehen, wahrzunehmen und zu spüren, hat geholfen. Ich bewege mich in einer wunderschönen von Gott geschaffenen Welt, die mich nicht allein lässt, und *de dor baaben* schon gar nicht.

Meinen Onkel habe ich als pflichtbewussten und gerechten Kapitän erlebt – so ganz anders als auf Familienfesten. Er kann feiern, als wenn es kein Morgen gäbe. Er kann Witze machen und Geschichten erzählen, bis sich die Balken biegen. Hier stand er immer aufrecht und klar, egal, wie unruhig die See war.

Die Mannschaft war ehrlich. Sie haben keine Worte an Schwätzerei verschwendet. Wenn die Jungs etwas gesagt haben, war es wichtig, passend und hilfreich. Als ich mich von ihnen verabschiede, bedanken sie sich.

»Bis doch nich blots de Nichte vun de Ole«, sagen sie.

Und das ist wirklich ein großes Kompliment.

Ich steige da aus, wo ich eingestiegen bin: am Thiessenkai. Ein bisschen habe ich mich verändert, auch wenn vieles noch verborgen ist.

Der Hafen von Rotterdam.

ENWERDER
HHLA
tex

## TEIL 3

# UNTERWEGS MIT DEM CONTAINERSCHIFF

**Reisetagebuch 1. Tag – Hamburg**

*Januar 2018, Position: 58°33.5'N 08°47.0'E*

Endlich ist es so weit! Ich werde 62 Tage unterwegs sein: Belgien, Frankreich, Dominikanische Republik, Kolumbien, Panama, Peru, Chile und zurück.

Jahrelang habe ich als Pastorin auf Hooge gegeben und umsorgt, verwaltet und organisiert, zugehört und gebetet, gepredigt und getraut, getauft und beerdigt. Ich habe Urlaubern die Kirchwarft gezeigt und die immer gleichen Fragen beantwortet. Besucher kommen auf Hooge, um die Weite zu genießen, die mir in den letzten Jahren zur Enge geworden ist. Sie kommen, damit sie der Wind aufrichtet, der mir den Nacken krümmt. Sie kommen, um Abstand von ihrem Alltag zu gewinnen. Nun brauche ich Abstand von Hooge. Ich bin erschöpft.

Es ist ein feuchtkühler Wintertag. Trotzdem beziehe ich mit meinen Hamburger Enkelinnen Position am Ausflugsziel Schulau in Wedel. Von hier aus haben wir die beste Sicht auf die einlaufenden Schiffe. Schon vorgestern hätte mein Schiff eintreffen sollen, doch ein Sturm hat es aufgehalten. Irgendwie gefällt es mir, dass wir uns alle nach dem Wind richten müssen und nicht nach der Uhr.

Das Containerschiff gleitet über die Elbe. Es ist ein großer roter Koloss. So unwirklich, wie nah er am Ufer, vor Bäumen und Häusern vorbeischwimmt. Meine Enkeltöchter sind begeistert. Ihre Aufregung steckt mich an und die Vorfreude steigt.

Später fahre ich mit dem Taxi zum Containerterminal in Altenwerder. Es ist eine riesige Anlage mit Zäunen und Toren. Die Reiseagentur hat mir mitgeteilt, dass ich im Wartehäuschen am Haupteingang einen Knopf drücken soll. Ich drücke und warte. Nichts passiert. Ich drücke und warte und warte und warte. Ist die Leitung tot? Endet hier schon meine Reise?

Als ein Shuttlebus kommt, bin ich erleichtert und steige ein. Wir fahren zum Kontrollzentrum, dort werden meine Papiere geprüft und dann bringt man mich zur Gangway. Dort treffe ich meine Mitreisende. Wir beide sind die einzigen Privatpassagiere auf dem Schiff. Sie begrüßt mich freundlich und stellt sich mit Leslie vor. Leslie ist Engländerin und scheint ein bisschen älter als ich zu sein – vielleicht Mitte siebzig.

Mein Gepäck wird mit einem Lastenaufzug an Deck gehievt, während ich die 54 Stufen der Gangway hinaufsteige. An Bord trage ich mich mit Passnummer und Unterschrift ein, gebe Pass und Impfpass ab und werde zum Käpt'n begleitet.

*Very busy* ist der Kapitän. Er ist ein junger Mann und stammt aus Polen. Knapp und freundlich begrüßt er mich, dann wendet er sich wieder seiner Arbeit zu. Überall herrscht emsige Geschäftigkeit.

Meine Kabine ist groß und praktisch eingerichtet. Neben Koje, Bad und Tisch habe ich auch ein Sofa und einen Kühlschrank. Die Möbel haben Sperren vor ihren Türen und Schubladen, damit sie bei Seegang nicht aufgehen. Das ist mein Zuhause für die nächsten gut sechs Wochen.

Es gibt ein kleines rechteckiges Fenster in Richtung Bug – ein Guckloch auf das Schiff und das Wasser, ohne Container vor der Nase! Aber um den Horizont zu sehen oder das Eigenleben dieses Schiffes zu spüren, muss ich nur an Deck gehen.

Alles ist gewaltig. Das Schiff ist ungefähr 48 Meter breit und 300 Meter lang. 300 Meter? Das ist fast so weit wie von der Kirchwarft bis zu unserem Segelhafen auf

Hooge. Wer nicht schwindelfrei ist, den würde die Höhe an Deck beunruhigen. Wenn ich über die Reling schaue, schwappt das Wasser fünfzehn oder zwanzig Meter weiter unten gegen die Bordwand.

Über mir wird die Containerbrücke in Position gebracht. Der Hauptkran, die sogenannte Portalkatze, greift die Containerkisten, hievt sie in die Höhe und positioniert sie millimetergenau auf und unter Deck. Am Ende werden es 9000 Container sein.

Die Luft vibriert von den Maschinen und ich bin unsicher, wo ich sein darf. Darf ich an Deck bleiben? Kann ich einfach die Treppe dort hinauf nehmen? Störe ich, wenn ich diesen Gang langgehe?

Meine Unsicherheit schickt mich zurück in meine Kabine. Ich richte mich ein und komme nur heraus, wenn man mich bittet – zum Mittagessen und zum Dinner. Wir speisen in der Offiziersmesse. Unsere Tischgemeinschaft besteht aus dem Kapitän, den Offizieren, einem Bordelektriker, dem Chief und Leslie und mir.

Kurz vor Mitternacht ist es endlich so weit. Das Schiff läuft aus. In meiner Kabine husche ich vor dem Fenster hin und her und hasche nach Eindrücken. Die Vibration der Motoren spüre ich in meinem Körper und ihr Summen dringt tief in meinen Bauch. Das Schiff ist wie ein riesiges Wesen. Ich berge mich in ihm und lasse mich von ihm durch die Nacht tragen.

**Tag 2 – auf See**

*Position: 53°37.94871'N 5°13.4561'E*

*Himmel leicht bewölkt. Wasser verwaschen blau.*

*See trägt kleine Schaumkronen.*

Heute ist der erste Tag auf See. Wir sind auf dem Weg nach Le Havre in Frankreich. Ich stehe auf dem C-Deck und schaue nach vorn aufs Meer, aber meine Gedanken fliegen zurück nach Hooge zu den vertrauten Menschen und der kleinen Kirche. Immer war ich im Dienst, ob beim Kaufmann oder beim Gang mit dem Hund. Ständig wurde ich angesprochen und ich spürte die Erwartung, dass ich zuhören oder gar etwas tun sollte. Mich gab es nicht privat. Ich weiß selbst nicht mehr, wer ich ohne meine Aufgaben und Erwartungen bin. In den nächsten 62 Tagen kann ich es herausfinden.

Der Tag tröpfelt vor sich hin. Mal ein kleines, mal ein großes Schiff am Horizont. Hin und wieder Möwen, die Essbares suchen. Ab und zu ein Schnack. Tiefer wird das Gespräch am Abend mit Leslie. Sie erzählt von ihrem Leben und ihrer Verbundenheit zum Meer. Ihr Mann war Ingenieur, weltweit tätig und reiste mit einem Segelschiff. Sie begleitete ihn und lebte jahrelang auf dem Wasser. Jetzt ist sie Witwe und hat nur eine kleine Rente. Mit Hunde- und Haussitten finanziert sie sich die Containerschiffsreisen.

Das heißt, sie muss, wie ich, 105 Euro pro Tag für Unterkunft und Verpflegung zahlen. Das ist im Verhältnis zu den Hotel- und Restaurantpreisen an Land nicht viel.

Ich erzähle ihr im Gegenzug von meinem Leben auf der Hallig, aber zuerst muss ich erklären, was eine Hallig ist.

Wir erlauben einander private Einblicke. Ob eine Vertrautheit zwischen uns wachsen wird? Noch stehen wir am Anfang einer langen Reise. Wir wissen, wo das Schiff uns hinbringt, aber wo wird unsere innere Reise enden?

Inzwischen hat sich der Nachthimmel über uns gelegt. Ich sehe aus dem Fenster und erkenne nur mein eigenes Spiegelbild. Mit den Händen schirme ich das Innenlicht ab und suche Sterne am Himmel. In der Ferne fährt ein Kreuzfahrtschiff. Es ist wie ein riesiger Tannenbaum geschmückt.

Um 22:30 Uhr ziehe ich mich in die Koje zurück und lese. Das monotone Surren der Klimaanlage und das Stampfen der Maschine lullen mich in den Schlaf.

## Tag 3 – Le Havre

*Position: 49°50.2'N 00°00.8'W*

*Blauer Himmel, glatte Wasseroberfläche, kaum Wind.*

Gegen acht Uhr läuft das Schiff in Le Havre ein und ich beobachte alles von der Offiziersmesse aus. Hier muss ich nicht vor einem Fensterchen herumhampeln, um alles zu sehen, denn der Raum hat große Fenster.

Das Wasser ist glatt und wellenlos. Der Himmel ist blau und wolkenleer. Sie spiegeln meine Verfassung wider: Ich fühle mich leer. Nichts los! Plötzlich bedrücken mich die Weite des Horizonts und die Wucht des Schiffes. Ich ziehe mich in meine Kabine zurück. Sie ist wie ein Kokon – klein, sicher, warm. Ich werde schläfrig vom leichten Rödeln der Klimaanlage und dem Ticken der Uhr. Manchmal luge ich durch das Fensterchen und sehe die Welt wie durchs Schlüsselloch: Kran, Container, Wolkenfetzen.

Als die Maschinen stillstehen, wage ich mich aus meinem Kokon. Landgang in Le Havre. Leslie erwartet mich auf der Gangway. Ein Taxi wird uns ins Zentrum bringen. Der Fahrer ist freundlich und spricht sogar Englisch. Dafür bin ich ihm sehr dankbar, weil mein Schulfranzösisch lückenhaft ist.

Die Stadt ist geprägt von Nachkriegsarchitektur mit modernen Säulengängen, geschwungenen Hausfassaden und bunten Mosaiken. Einzig die Kathedrale ist ein gotischer Bau, der trotzig über würfelförmige Häuser ragt. Die Menschen zeigen sich bedeckt und wirken verhuscht. Ich finde keine Verortung in dieser Stadt und bin froh, wieder an Bord zu sein.

Nach dem Dinner unterhalte ich mich im sogenannten Rauchersalon mit einem Mann von der Besatzung. Er ist Philippine wie die meisten Crewmitglieder. Er erzählt von seiner Familie und wie sehr er sie vermisst. Während die Offiziere zwischen drei und vier Monaten an Bord sind, arbeiten die Crewmitglieder acht bis neun Monate in der Ferne.

Das ist ja wie bei meinen Vorfahren. Im 17. und 18. Jahrhundert waren die Männer ein Dreivierteljahr unterwegs auf Walfängern oder Handelsschiffen. In dieser Zeit hatten sie kaum die Möglichkeit zu schreiben. Wer sollte die Briefe einsammeln? Heute können die Menschen miteinander in Kontakt bleiben, sich Nachrichten schicken, sprechen und sich per Videocall sehen.

Am Abend gehe ich nach draußen. Ich werde mutiger und steige die Treppen hoch, um das Verladen und Stellen der Container durch die Kräne zu beobachten. Ein faszinierendes Schauspiel, als würde alles von Geisterhand laufen. Nicht ein Mensch ist zu sehen.

**Tag 4 – Le Havre**

*Position: 49°50.2’N 00°00.8’W*

*Nebel, alles Sichtbare ist verschwunden. Kein Geräusch. Alles schweigt bis auf das Keckern der Möwen.*

Der Nebel hat alles lahmgelegt. Nichts bewegt sich in dieser fast automatisierten Hafenanlage, als würde eine große unsichtbare Hand alles festhalten. Es ist, als würde auch mich eine unsichtbare Hand umschlingen. Schwer liegt sie auf mir und drückt meine Seele auf den Kajütenboden.

Ich erlaube die Schwere. Vielleicht bringt sie sogar etwas in mir zur Ruhe und bremst meine Hast aus, alles schnell und oft sogar zeitgleich erledigen zu wollen.

Ich lerne, mich auf eine Sache zu konzentrieren. Wenn ich lese, lese ich. Wenn ich denke, denke ich. Wenn ich Musik höre, höre ich Musik.

Und zum ersten Mal spüre ich in dieser Nebelschwere etwas Leichtes und Tröstliches.

**Tag 5 – Ausfahrt Le Havre**

*Position: 49°50.2'N 00°00.8'W*

*Nebel! Wann bewegen wir uns?*

Der Nebel spielt mit meinen Gedanken. Diesmal ist er keine Hand, sondern ein dicker Schleier. Ich sinniere, was wohl da dahinter ist. Was verbirgt sich hinter meinen Wünschen und Träumen? Was liegt hinter der Zeit? Was verdeckt meinen Schmerz?

Ich gucke durch mein Fensterchen und sehe einen Schwarm Gänse. Sie malen Kapriolen in den Dunst, verschwinden wieder im Nebel und ihre Spuren lösen sich auf.

»Wie mein Sohn«, flüstere ich.

Kurz nach seinem Tod hatte ich einen Tagtraum. Mein Sohn stieg die Jakobsleiter empor – wie in der biblischen Geschichte. Er nahm eine Stufe nach der anderen. Ich blieb zurück. Manchmal drehte er sich um und schaute zu mir hinunter, dann verschwand er hinter einer undurchdringlichen Wand – oder Nebel oder einem Schleier. Auf jeden Fall eine Grenze.

Immer wieder stoßen wir an Grenzen. Manche haben wir selbst gebaut, aber andere wurden uns in den Weg gestellt. Manche Grenzen können wir überwinden und andere müssen wir akzeptieren.

Ich höre ein Lied aus den 1980er-Jahren. »Against the Wind« von Bob Seger. Zack! Die Erinnerung katapultiert mich in die Zeit, wo es mir wichtig war, schön und begehrt zu sein. Ich wollte dazugehören und angenommen sein. Ich jagte meinen Idealen hinterher, als wollte ich den Wind fangen. Meine Lebenswege waren Umwege und Irrungen, trotzdem bereue ich nichts. Ich habe meinen Frieden geschlossen. Dazu haben die Hooger Wichtiges beigetragen. Sie haben mich so genommen, wie ich bin, haben nicht erwartet, dass ich mich verbiege, damit ich gesehen werde.

Es ist fast Mitternacht, als sich das Schiff in Bewegung setzt. Ich schlüpfe aus meinem Kajüten-Kokon. Der Nebel hat sich verflüchtigt. Auf der Brücke ist es dunkel, nur die Bildschirme leuchten. An Deck ist es still, nur der Lotse ruft. In mir ist es schwer, nur die Hoffnung wärmt.

**Tag 6 – Ausfahrt Antwerpen**

*Position: 51°26.0324'N 3°37.1390'E*

*Alles grau. Himmel und Erde vermischen sich.*

Wenn es neblig ist, macht es keinen Unterschied, ob wir in Antwerpen oder in Le Havre sind. Alles ist grau getüncht. Als wir uns langsam in Bewegung setzen, der Dunst sich auflöst und ich einen dicken Dampfer sehe, verändert sich meine Stimmung. Endlich kann sich mein Blick an etwas festhalten. Die flache Landschaft ist von Wasser durchzogen – fast wie in der Heimat.

Ich sitze auf der Brücke und versuche die Eindrücke zu sortieren. Einen nach dem anderen. Das Surren der nautischen Geräte. Das Pulsieren der Maschinen. Die Kommandos des Lotsen. Das Drehen des Ruderrädchens.

Erstaunlich, wie die Schifffahrt sich verändert hat. Früher hat der Rudergänger mit beiden Armen das Schiff gesteuert. Jetzt braucht er nur mit den Fingern die Position am Rädchen einstellen. Auf einer Skala trägt er die Position ein, die der Lotse ihm nennt.

Die Globalisierung hat das Maß verschoben. Alles muss größer, schneller, weiter und höher sein. Noch größere und schnellere Schiffe, noch mehr Arbeit, noch mehr Fracht, noch mehr Profit. Das Streben nach immer mehr, sei es Geld oder Macht, ist überall an der Tagesordnung, leider. Das Thema treibt mich immer wieder um, hauptsächlich in Bezug auf die Entwicklung auf der Hallig, denn auch dort geht es zunehmend um Profit.

## Tag 7 – auf See

*Position: 49°43.1451'N 3°56.9276'W*

*Graue See und leichter Wind. Ab und zu schillern Sonnenstrahlen am bleiernen Himmel.*

Es ist der zweite Sonntag nach Epiphanias und Gott schickt mir einen Gruß aus leuchtenden Strahlen. Sie bohren sich durch den bleischweren Himmel und spielen mit den kleinen Wellen. Am Horizont gleiten Schiffe vorbei wie Spielzeuge. Mal von rechts, mal von links. Es sieht aus, als würde *de dor baaben* sie hin- und herschieben.

Wäre ich auf Hooge, würde ich jetzt in meiner kleinen Halligkirche stehen und über die Bibelverse aus 1. Korinther 2, 1–10 predigen. Der Apostel Paulus spricht dort über die Weisheit Gottes, dass sie im Verborgenen liegt und ein Geheimnis sei. Sie erschließt sich erst im Glauben. Ein Glaube, der hofft und vertraut. Statt auf der Kanzel zu stehen, hocke ich auf der Brücke und erlaube mir zu träumen. Meine Zukunft ist verborgen, aber ich möchte ihr vertrauensvoll entgegenfahren. Und ich freue mich, das Erlebte, Gesehene und Gefühlte bei meiner Rückkehr in meinen Alltag zu integrieren.

**Tag 8 – auf See**

*Position: 46°06.4550'N 13°06.5964'W*

*Wolken rasen. Wellen tragen kleine Schaumkronen. Wind pfeift in den Antennen. Kein Schiff zu sehen. Wir sind scheinbar allein auf dem Atlantik.*

Eine Woche bin ich nun an Bord und Routine stellt sich ein. Wenn ich morgens aufwache, muss ich mich nicht mehr mühsam orientieren. All meine Sinne wissen, dass ich auf einem Schiff bin.

Inzwischen kennt auch der Steward meine Essgewohnheiten und richtet alles her. Auf typische friesische Art esse ich abwechselnd Süßes und Salziges. Müsli und Bratwürstchen, Obst und Bohnen. Zu Hause kombiniere ich auch Bohnen, Birnen und Speck. Sie werden zusammen gekocht und mit Essig und Zucker gewürzt. Ebenso köstlich sind Mehlbüddel. Aus Eiern, Mehl und Milch wird ein Teig zubereitet. Der kommt in eine Form, die aussieht wie eine, in der man Guglhupf backt, nur aus Blech und mit Deckel. Die Wände der Form werden mit durchwachsenem Speck ausgelegt, dann wird der Teig hineingegeben. Alles wird im Wasserbad gegart und anschließend mit Backobst- oder Stachelbeersuppe gegessen.

Wieso wandern meine Gaumenfreuden jetzt in die Heimat? Ich will doch die Fremde erkunden.

Ich steige hoch zur Kommandozentrale. Der 3. Offizier hat Wache. Er ist ein freundlicher, aufgeschlossener Mensch und erzählt mir von seiner Familie in der Ukraine, wie sehr er sie und seine Heimat vermisst. Trotzdem könne er sich kein anderes Leben vorstellen als auf dem Wasser. Als Offizier teilt er für eine begrenzte Zeit sein Leben mit einer internationalen Belegschaft. Die Kontakte bleiben vage, weil er nicht weiß, ob er jemanden nach seinem dreimonatigen Landurlaub wiedersehen wird. Er muss sich immer wieder neu behaupten und seinen Platz in der Riege der Offiziere finden. Es ist ein einsames und schweres Leben.

Bei der Crew an Deck ist das anders. Sie kommen von den Philippinen, stammen oft aus demselben Dorf oder sind miteinander verwandt. Das ist ein vertrautes Miteinander. Ich ahne, wie privilegiert ich bin. Ich begebe mich auf eine Reise, um … ja, was will ich denn? Mein Leben ist doch in Ordnung!

Ich begleite Menschen und lebe mein Erdenglück auf einer Hallig. Ich erzähle von Gott, wie er mich auffängt und tröstet und es auch bei jedem anderen Menschenkind tun wird.

Wat wüll ik denn blots noch mehr? Ich möchte das große Ganze verstehen, wie der Tod meines Kindes, das Scheitern meiner Ehe, die abverlangte Disziplin und das Durchhalten zu meiner Biografie passen. Fragen, die vielleicht nie ganz beantwortet werden – aber vielleicht komme ich einer Antwort irgendwann ein bisschen näher. Himmel, weer dat schöön!

**Tag 9 – auf See**
*Position: 42°06.3110'N 22°59.9715'W*
*Ein neuer Tag über grauer See.*

»Der Himmel, den du siehst, ist nicht der, der da ist«, hat mal ein Mensch gesagt. Der Satz berührt mich. Alles, was wir sehen, deuten wir. So ist der Mensch eben. Der Himmel ist nicht nur grau oder blau, bedeckt oder grenzenlos. Ich kann in den Wolkenformationen lesen oder Lichtreflexionen entdecken. Der Himmel ist doch immer mehr als nur Physik.

Wenn ich nach oben schaue und die Augen schließe, sehe ich Gott in seiner Allmacht, umgeben von Licht und Wärme und den Menschen, die ich vermisse. Denen, die mir vorausgegangen sind – und die mir Gott, ohne zu fragen, genommen hat.

Ich sehe meinen Vater, mit Baskenmütze und ölverschmierter Arbeitsjacke. Er war sich seiner selbst und auch in seinen Entscheidungen sicher. Wie habe ich ihn dafür damals oft verachtet. In meinen Augen machte er sich etwas vor, denn auf meine Fragen hatte er keine entscheidende Antwort, sondern sagte immer nur: »Mal sehen.« Was macht er jetzt im Himmel, wo es keiner Entscheidung mehr bedarf? Ist er der Vater geworden, mit dem ich mich schon lange versöhnt habe? Hat Gott ihm ins Gewissen geredet?

Ich denke auch an meinen Bruder, in meiner Erinnerung ist er immer noch zwölf. So alt war er, als er starb. Noch jung und doch klug, grundsätzlich abwägend, meist darauf bedacht, die beste Entscheidung zu treffen. Allen Mitgliedern unserer Familie war er in Liebe zugewandt.

Er spielte in einer Sandhöhle und wurde verschüttet. Es war ein dummer, unnützer Tod. Warum hat mein Bruder an diesem Tag die falsche Entscheidung getroffen und diesen Ort aufgesucht, der ihm zum Verhängnis wurde?

Und mein Sohn? Er war groß und aufrecht, als er aus einem Fenster stürzte. Es geht immer noch ein Licht von ihm aus, dem selbst der Himmel sich nicht entziehen kann.

Ja, es gibt immer mehr, als ich sehe und verstehe.

Mit geschlossenen Augen habe ich eine Weile auf Deck gestanden und meine Gedanken kommen und gehen lassen. Nun öffne ich die Augen und sehe graue Wolken über grauer See.

»Der Himmel, den du siehst…« Nein, da ist mehr. Für mich ist der Himmel eine Verheißung, ein Versprechen, Trost.

Mit dieser Gewissheit gehe ich auf die Brücke, setze mich auf den Lotsenstuhl, schaue über Wasser und Himmel und freue mich einfach, dass ich da sitzen darf.

**Tag 10 – auf See**

*Position: 37°47.2635'N 32°32.5979'W*

*Mäßiger Wind. Wasser leicht bewegt.*

Wir sind mitten auf dem Atlantik. Ich beuge mich über die Reling und betrachte das Wasser, wie es vom Schiff zerschnitten wird und sich gegen die Bordwand wirft. Die Wellen schmatzen, gurgeln und säuseln.

Eine Stimme in mir flüstert: »Ich habe dich bei deinem Namen gerufen. Du bist mein.«

Ja, das sage ich auch bei der Tauffeier.

Jeder ist gerufen und wurde in Raum und Zeit gesetzt. Geschehnisse und Beziehungen wirken auf uns und fordern uns auf, zu reagieren oder uns zu verändern. Wir sind wie ein Schiff auf dem Meer des Lebens. Mal scheint die Sonne des Glücks, mal tobt ein Sturm aus Leid und manchmal hüllen uns Nebel des Zweifelns ein. Unser Schiff muss darauf reagieren, das Tempo drosseln, die Position ermitteln und einen neuen Kurs berechnen. Auf dem Meer meines Lebens habe ich heute eine Markierung passiert: Ich habe Geburtstag. Seit siebzig Jahren bin ich unterwegs, dafür bin ich dankbar.

Ich wollte keine große Feier. Still möchte ich diesen Tag würdigen und mich einfach treiben lassen. Leslie weiß um meinen Geburtstag und flüstert mir beim Frühstück Segenswünsche zu. Am Abend legt mir der Kapitän stumm eine Tafel Schokolade auf den Platz. Was für ein schönes Geburtstagsgeschenk!

Schweigen, Flüstern, Rauschen – ich freue mich am Leben.

**Tag 11 – auf See**

*Position: 33°32.5501'N 41°07.7803'W*
*22 Grad Celsius, leicht bewölkter Himmel und mäßiger Wind aus Südwest. Ruhige See.*

Jeden Morgen notiere ich unsere Position: 33°32.5501'N 41°07.7803'W. Sobald ich die letzte Ziffer geschrieben habe, ist die Position schon wieder eine andere. Irgendwie trösten mich Zahlen, auch wenn das Zählen früher eine Belastung war.

Wenn mir als Kind die Gedanken durch den Kopf jagten, konnte ich sie einfangen, indem ich zählte. Beim Einschlafen zählte ich im Rhythmus des Leuchtturms, der sein Licht an meine Zimmerwand warf. Eins-zwei-drei-vier-fünf-sechs-sieben. Bei eins und zwei blieb es in meinem Zimmer dunkel, ab drei setzte wieder der Rhythmus ein.

Als Studentin zählte ich Gehwegplatten. Wenn ich einen Raum betrat, zählte ich die Stühle und berechnete meine beste Position. Ich faktorisierte Menschenanzahl, Raumgröße und Bestuhlung. Das Gleiche tat ich mit Kirchenbänken. Nähe, aufgedrängte Gespräche und Berührungen empfand ich als Belastung. Ich schämte mich, dass ich immer alles zählen musste.

Noch immer schlummert dieser Drang in mir. Mein Badezimmer hat in der einen Reihe zehneinhalb Fliesen und in der anderen dreizehneinhalb. »Einhalb«? Herrje! Meine Rettung aus der Zählerei sind die bewussten Begegnungen mit Menschen. Ich brauche ein Gegenüber. Im Miteinander wird das Ungewisse schwächer. Wir alle wissen nicht, was das Morgen bringt. Darin sind wir miteinander verbunden – und das beruhigt mich.

**Tag 12 – auf See**

*Position: 29°08.111'N 49°35.9166'W*

*23 Grad Celsius. Mäßiger Wind. Himmelsblau und Wolken spiegeln sich im Wasser.*

Ich sitze in der Sonne und bin dankbar, dass wir dem Winter entgleiten. Sommer, ich komme! Die Decksmannschafft wuselt herum, räumt auf oder um oder aus. Einige Männer spleißen Taue. Sie dröseln ein Drahtseil an den Enden auf, biegen es um und verflechten die Fasern im gleichen Tau. Dadurch wird das Tau um das Dreifache stabiler.

Ich sitze und gucke und denke. Wäre mein Leben ein Tau, dann hätte es schon viele gerissene Fäden. Der Tod zerriss Fäden. Egoismus, Neid und Gier scheuerten Fasern auf. Unwissenheit und Unsicherheiten machten das Geflecht spröde. Das ist so viel Unvermögen in uns und doch gibt es den Allmächtigen, der die Fäden zuammenspleißt und um ein Dreifaches stabiler macht. Glaube, Liebe und Hoffnung. Vater, Sohn und Heiliger Geist.

**Tag 13 – auf See**

*Position: 24°50.1911'N 57°30.9658'W*
*25 Grad Celsius. Leicht bewölkt. Mäßiger Wind schiebt Schaumköpfe auf die Wellen.*

Meine Unsicherheit an Bord ist verflogen. Ich fühle mich wohl und angekommen in meinem Zuhause auf Zeit.

**Tag 14 – auf See**

*Position: 20°27.4189'N 65°18.1063'W*

*26 Grad Celsius. Blauer Himmel. Türkisfarbenes Wasser. Sanfter Wind.*

Kannst du mir sagen, warum jeder so ängstlich darauf bedacht ist, sich doch ja nichts zu vergeben?

Nicht, dass ich keine Angst hätte, auch wenn ich sie oft genug nicht benennen kann. Darum gehe ich oft erst einmal auf Abstand und umgebe mich mit dem, was mir vertraut ist. Bewege mich in einer Umgebung, in der ich mich auskenne, treffe Menschen, die ich gut einschätzen kann, weil sie in ein bestimmtes Raster passen. Diese Vorgehensweise scheint gängige Praxis zu sein, denn ich beobachte es nicht nur bei mir!

Hast du dir dabei einmal überlegt, in welche Schublade andere Menschen dich stecken würden? Vielleicht in eine, wo draufsteht: uninteressant – weil du austauschbar bist? Einfach nichts Besonderes… Deshalb gibt es dann auch keine Notwendigkeit, sich weiter mit dir zu beschäftigen! Würde dir das gefallen? Ich bitte dich, natürlich nicht!

Gestern Abend saß eine Gruppe zum Barbecue an einem Tisch zusammen. Sie redeten mit großen Gesten, immer lauter werdend, sich gegenseitig anfeuernd. Jede und jeder versuchte, sich von der bestmöglichen Seite zu präsentieren. Dazwischen gab es aber doch verstohlene Blicke in die Runde, ob die eigene Unsicherheit in dem Ganzen nicht doch bemerkt wird! Das erkannte ich am ängstlichen Flackern in den Augen.

Dabei bin ich sicher, dass jeder auf seine Weise etwas zu bieten hat, was dem anderen fehlt. Jede und jeder ist einmalig, darf so sein, wie sie oder er ist: klein, groß, ängstlich, fröhlich, unsicher, stark, überschäumend. Und jede und jeder hat eine ihr oder ihm zugedachte Aufgabe.

Würden wir uns selbst und auch den anderen gegenüber unsere Unsicherheit eingestehen, wäre es einfacher. Aber da ist die Angst, unser Gegenüber könnte unser Denken und Handeln belächeln. Und wir könnten den Ansprüchen der anderen nicht genügen.

Die Frage ist doch, ob sie denn immer sein müssen, diese Bestätigung meiner selbst und die der anderen. Warum kann ich nicht einfach glauben, dass das, was ich gerade tue, *so* gut ist, wie es ist?

Der Tag neigt sich dem Ende zu und ich freue mich auf das Abendessen. Heute sind der Kapitän, der 1.und 2. Offizier dabei. Und natürlich Leslie und ich.

Da wir von der Unterhaltung nichts mitbekommen, weil sie auf Polnisch läuft, erzählt Leslie von ihrem Dorf in Surrey, ihrem kleinen Cottage mit Garten, ich von meiner Hallig, meinem Hund Störtebeker, den Warften, auf denen die Häuser stehen, und der Weite, die alles umgibt.

**Tag 15 – Caucedo**

*Position: 18°25.4615'N 69°37.8188'W*

*28 Grad, leichter Wind, blauer Himmel.*

Wir sind im Hafen von Caucedo in der Dominikanischen Republik. Der Strand sieht paradiesisch aus: weißer Sand, türkisfarbenes Wasser, schaumige Gischt. Kinder und Hunde tollen umher. Händler preisen lautstark ihre Ware an. Trotzdem bleiben Leslie und ich an Bord, denn in ein paar Stunden legen wir wieder ab.

Arbeiter aus dem Logistikunternehmen vor Ort kommen ans Schiff. Sie verankern die Container und unsere Crew stellt die Stromversorgung sicher. Obwohl die Männer zusammenarbeiten, verbringen sie die Pause, Foftein, nicht gemeinsam. Die Arbeiter bleiben an Deck und unsere Mannschaft geht in den Aufenthaltsraum.

Sobald das Schiff ausläuft, muss es aufgeklart werden. Die Arbeiter haben viel Müll und Dreck zurückgelassen.

Zum ersten Mal während meiner Zeit auf See gehe ich ins Internet. Ich lese Mails und Glückwünsche, freue mich an den Grüßen und ärgere mich ein bisschen, dass ich online bin und im Internet festhänge. Ich wollte doch unerreichbar sein. Wieso fällt mir das so schwer? Gewohnheit, Gedankenlosigkeit oder

Wichtigtuerei? In jeden Bereich unseres Lebens schwappen Technik und Digitalisierung. Das macht unser Leben leichter und sicherer. Aber der Fortschritt hat auch seine dunklen Seiten. So wie in Caucedo die Kaianlagen menschenleer sind, weil alles automatisiert ist, werden auch andere Lebensbereiche entmenschlicht. Sie verlieren ihre Faszination. Wir verlieren unsere Faszination füreinander, weil wir alles nach außen tragen. Ich glaube, dass sich der Mensch nach dem Geheimnisvollen und Verborgenen sehnt. Ist es nicht spannend, wenn man etwas entdecken darf? Wird das Entdeckte nicht noch wertvoller, weil es Zeit, Kraft und Leidenschaft brauchte, um es zu begreifen?

**Tag 16 – auf See**

*Position: 13°08.7597'N 73°52.2155'W*

*Zehn Uhr und schon dreißig Grad. Himmel leicht bewölkt, Windstärke sechs aus Ost, Wellen tragen Schaumkronen.*

Ich schwimme zwischen den Zeiten. Mal treibe ich in die Zukunft, dann gleite ich durchs Jetzt und manchmal überspült mich die Vergangenheit. Dann tauchen Bilder aus längst vergangenen Tagen auf und ich frage mich, sind sie real? Sind meine Erinnerungen wahr oder haben sie sich verändert, weil ich mich verändert habe? Sind die vielen Familienerzählungen nicht durch jeden gefärbt, der sie wiedergibt? Und verformt sich nicht eine Geschichte, je häufiger sie erzählt wird?

Am liebsten lauschte ich den Geschichten meines Großvaters mütterlicherseits. Er gab mir das Gefühl, wichtig zu sein, und so hing ich an seinen Lippen und glaubte ihm alles – auch das Sonderbarste und Unwahrscheinlichste.

Obwohl mein Großvater Kummer und Armut kannte, war er ein lebensfroher und großzügiger Mensch. Er konnte Menschen unterhalten und zum Lachen bringen, doch was er anpackte, dümpelte vor sich hin und verkümmerte – in den Augen vieler Menschen ein Versager, Habenichts und Tunichtgut, ein Säufer und untreuer Ehemann. War er das?

Vielleicht! Aber für mich war er ein Lebenskünstler, mein Begleiter und Lehrer. Er zeigte mir die schönen Dinge um mich herum, wenn das Meer säuselte, das Eis knackte oder der Wind sang. Er sagte, dass alles ein Geschenk sei – der Himmel, die Erde, das Leben. In seiner Art weckte er meinen Glauben an das Göttliche, an *de dor baaben.*

## Tag 19 – Panamakanal

*Position: 9°41.1421'N 79°51.1702'W*

*35 Grad. Strahlend blauer Himmel. Blendendes Licht. Achterlicher, mäßiger, warmer Wind.*

Wir verlassen den Atlantik, um auf kürzestem Weg den Pazifik zu erreichen. Der Panamakanal ist 82 Kilometer lang, überwindet einen Höhenunterschied von 26 Metern, verläuft durch vier Klimazonen und drei Schleusen. Knapp neun Stunden dauert die Fahrt, wobei wir oft liegen und warten. Es dauert, bis sich die Schleusen öffnen und die Schiffe hineinfahren. Das ist Maßarbeit, denn rechts und links bleiben nur sechzig Zentimeter Spielraum.

Ich bin aufgeregt und fange einen Augenblick nach dem nächsten ein. Was für eine Leistung vor über 100 Jahren, so einen Kanal anzulegen. Was für eine Ingenieurskunst, eine neue Durchfahrt, parallel zur bisherigen, zu bauen. Was für ein Drama, wie die Landschaft zerstört wurde, und was für ein Wunder, wie die Natur sich behauptet. Wir fahren durch künstliche Seen mit kleinen, üppig grünen Inseln. Affen tummeln sich in den Bäumen und Krokodile dösen am Ufer.

Die langsame Fahrt bremst meine Gedanken aus. Sie werden träge und ich empfinde das als wohltuend. Ich, die immer alles flink erledigt haben will, die nicht warten kann, genieße die Langsamkeit des Moments.

Schiffe im Panamakanal.

**Tag 20 – auf See**

*Position: 5°56.5228'N 78°35.1981'W*

*Himmel grau. See grau. Die Luft ist regenschwer und heiß. Vereinzelte Schauer. Leichter Wind aus Nord.*

Wir schwimmen auf dem Pazifik. Panama liegt hinter uns und Kolumbien vor uns. Das Land ist nicht weit weg und Tölpel haben hier ihr Jagdrevier. Sie gleiten über uns hinweg. Sie sehen fast wie Möwen aus und ihre Schreie klingen wie »rab-rab« und »oh-ah«. Sie sind elegante Segler. Das Tölpelhafte wird erst bei ihrer Landung sichtbar.

Da niemand etwas von mir verlangt oder erwartet, setze ich mich auf ein aufgerolltes Schiffstau. Das Tau wurde in vielen Schlaufen übereinandergelegt. Sie erinnern mich an einen Lebensfaden. Sie sind vom Wetter gegerbt und die Fasern haben unterschiedliche Schattierungen. Mein Leben wurde von den Umständen gegerbt und Menschen haben Schattierungen hinterlassen und irgendwann endet unser Lebensfaden. Es ist seltsam, wie viele Erinnerungen aus Kindertagen aufsteigen, wenn ich nichts tue.

Dann steht mein Vater vor mir – ein strenger Mann.

Meine Mutter huscht ihm zur Seite – eine unterwürfige Frau.

Mein Großvater poltert über Deck – Lebenskünstler und Taugenichts zugleich.

Meine Freundinnen aus Ferientagen – wir spielen Hinkepott und planschen im Wasser.

Ich mittendrin – ein unbeschwertes Mädchen, das sich willkommen weiß.

Falsch gedacht! Als ich nach über fünfzig Jahren auf die Hallig zurückkehrte, sagten die jetzigen Frauen aus Kindertagen, dass sie nur mit mir gespielt haben, weil es ihre Eltern angeordnet hätten. Sie wollten mich nicht. Ich war nicht willkommen.

»Warum?«, fragte ich sie. Die Antwort tat weh:

»Du hesst ümmer meent, dat du wat bäteres bis.«

War das so? Seltsam, wie sich Eigen- und Fremdwahrnehmungen unterscheiden. Ist das noch immer so? Bin ich nicht die, die ich gerne wäre?

Gleich erreichen wir Buenaventura. *Viel Glück* verheißt mir diese Stadt.

**Tag 22 – auf See**

*Position: 1°44.8540'N 79°55.0307'W*

*27 Grad. Feuchtwarm, bewölkt und grau.*

Heute bin ich spät wach geworden. Zu spät, für meine Begriffe, und sofort laufen Vorgänge ab, die ich schwer beeinflussen kann: Mein Herz fängt an zu rasen, die Hände schaffen es nicht, sich koordiniert zu bewegen, der Blick ist eingeschränkt und meine Gedanken sind nur auf die Frage »Was jetzt?« ausgerichtet.

Wir sind gewohnt, uns in vorgegebenen, beschränkten Bahnen zu bewegen. Werden diese gestört, vermeintliche Gewissheiten außer Kraft gesetzt, geraten wir mehr oder minder in Panik. »Zu spät« für etwas dran zu sein, geht für mich gar nicht!

Wir brauchen eine Struktur, eine, die wir uns entweder selbst geben, oder eine, die uns von außen auferlegt wird. Ein Gefüge, in dem wir uns sicher bewegen, an das wir uns halten können.

Wenn ich etwas zähle und merke, dass alles passt, bin ich zufrieden. Jede Zahlenfolge bestätigt mir, dass ich mich nicht verzählt habe, jeder erreichte Punkt in einer bestimmten Struktur zeigt mir, dass es sinnvoll ist, mich daran zu halten.

Ich erinnere, wie entsetzlich ich damals das vorgegebene Leben meines Vaters fand. Es bewegte sich um Ebbe und Flut, gutes oder schlechtes Wetter, Pflicht und Vergnügen. So ein Leben wollte ich auf gar keinen Fall führen.

Es erschien mir beengt, als würde ich in einem abgeschlossenen Raum sitzen. Für meinen Vater aber waren die Strukturen, in denen er lebte, wichtig. Es war das, was er wollte und wohl auch brauchte.

Jedenfalls probierte ich es zunächst, auf meine Weise unterwegs zu sein, und verlief mich prompt. Nichts bekam ich auf die Reihe, nur dann, wenn andere auf mich angewiesen waren, war ich pünktlich und zuverlässig zur Stelle.

Mit den Jahren wurden Strukturen für mich immer unerlässlicher. Zum einen die Vorgaben von außen, sei es durch Familie und Arbeit, aber auch die selbst auferlegten. Mir wurde immer klarer, dass ich ohne sie nicht bestehen kann.

So wie viele sich in eine selbst gewählte Freiheit begaben, die aus meiner Sicht oft so geartet war, dass man den anderen keine Freiräume zugestand oder so tat, als würde einen alles nichts angehen, so war für mich die Struktur im Leben wesentlich. Dazu gehört auch, den Morgen in Ruhe und bewusst zu beginnen. Dass der Tag mir freundlich entgegenkommt und ich mich nicht so wie heute sozusagen blind aufs Fahrrad setze und hektisch in die Pedale trete, weil ich in meiner Kopflosigkeit die Brille vergessen habe. Und das nur, weil ich zu spät aufgewacht bin! Wie gut, dass es auf dem Schiff nur ein Trimmrad ist, auf dem ich unterwegs bin!

Das Faszinierende an Strukturen ist, dass sie trotz der Begrenzungen und vermeintlichen Enge jede Menge Möglichkeiten bieten, solange man sich ihrer bewusst bleibt.

Die Weite des Himmels und die Tiefe der See erschöpfen mich heute an diesem durchweg grauen Tag. Mir ist, als hätten sie mir alles geraubt und nur Leere hinterlassen!

## Tag 23 und Tag 24

*Position: Ich hänge in den Erinnerungen fest.*

Elenes Vater war Gastwirt auf Pellworm. Am 14. Oktober 1863, dem Tag ihrer Geburt, hob er seinen Becher, um das Menschenkind zu begrüßen und einen jungen Mann zu verabschieden. Der junge Mann hieß Otto, mein Urgroßvater, und wollte nach Amerika reisen, doch bevor er aufbrach, trafen die Männer eine Vereinbarung.

»Wenn ik wedderkaam, heirate ik din Dochter.«

Der Vater willigte ein und mit Teepunsch bekräftigten sie ihr Versprechen. Otto war keine schlechte Partie, schließlich war er der Erbe eines alten Gutshofs.

Tatsächlich kam er nach 22 Jahren wieder. Inzwischen war Elene zu einer freundlichen und wissbegierigen Frau herangewachsen. Die Männer wurden auf sie aufmerksam und selbst der Tanzbaron, Detlef von Liliencron, verewigte sie in seinen Gedichten.

Wie versprochen, heiratete sie diesen fremden Mann, der fast doppelt so alt wie sie war. Es war keine Liebesheirat – wie viele Ehen dieser Zeit. Das Paar hatte wenig Gemeinsamkeiten. Doch Otto war ein herzensguter Mensch, wenn auch schlicht und ohne hochgeistige Ambitionen. Er war das, was er sein wollte: Bauer. Elene gebar ihm zehn Kinder und führte ein gutes Leben. Auf dem Hof arbeiteten Mägde und Knechte. Elene musste nicht putzen oder melken, stattdessen durfte sie verwalten, dirigieren, kontrollieren – und kochen, das ließ sie sich nicht aus der Hand nehmen. Für ihre Kinder bestellte sie Hauslehrer, Reitlehrer und Musiklehrer ein und blieb selbst vielseitig interessiert.

Nach dem Tod ihres Mannes war sie die alleinige Herrin des Hofs. Während des Ersten Weltkrieges richtete sie Soireen aus und lud die Offiziere ein, die auf Pellworm stationiert waren. Von der einst vom Tanzbaron besungenen Freundlichkeit schien nicht mehr viel übrig zu sein. Elene galt als stolz, herrisch, hart und unendlich wütend. Ihre Schwiegersöhne erregten ihren Argwohn. Niemals würde sie ihre Töchter in eine demütige, abhängige und arbeitsreiche Ehe schicken wollen. Dennoch konnte sie es nicht verhindern.

Im hohen Alter, weder krank noch gebrechlich, legte sie sich ins Bett und weigerte sich aufzustehen, trotzdem herrschte sie und machte ihren Mitmenschen das Leben schwer.

*

Die Eltern meiner Mutter gingen auch eine Zweckehe ein. Mein Großvater Anton erwählte sich eine Frau und sie willigte ein – gegen den Willen ihrer Mutter Elene. Sie wollte aber Kinder und dafür brauchte sie nun mal einen Mann. Vielleicht empfand mein Großvater auch mehr für sie. Auf jeden Fall war es für ihn reizvoll, die Tochter vom Gut zu heiraten.

Das Paar hätte unterschiedlicher nicht sein können. Anton wuchs als zwölftes Kind in ärmlichen Verhältnissen auf. Der Vater verdiente als Inselpostbote fünf Mark im Monat. Ein erbärmlicher Lohn. Die Kinder mussten arbeiten, damit die Familie überleben konnte. Anton verdingte sich auf einem Bauernhof und konnte nur im Winter regelmäßig die Schule besuchen. Trotz mangelnder Schulbildung war er neugierig, belesen und wortgewandt. Als Erwachsener brachte er sich selbst bei, was ihn interessierte, wie Sternenkunde oder Musik, und er gab sich mit Dingen ab, die ihn erfreuten. Geldverdienen gehörte nicht dazu – vielleicht weil er als Kind schon wie ein Mann arbeiten musste.

Er spielte Klavier und wenn er sang, füllte seine Bassstimme den Raum. Sein Temperament war ansteckend und die Menschen stimmten in seine Lieder ein. Das war ein Fest!

Meine Großmutter Gertrude hatte zwar Klavierunterricht gehabt, doch ihr bereitete Musik keine Freude. Außerdem hatte sie weder das Bühnentalent ihres Mannes noch seine Begabung. Am liebsten arbeitete sie draußen mit den Tieren oder zwischen Blumen, Obst und Gemüse – vielleicht weil sie als Kind nie arbeiten musste.

Als mein Großvater während des Zweiten Weltkrieges in Dänemark stationiert war, schickte er ihr ein Gedicht.

Sie warf es weg und schimpfte: »He harr leewer Bodder schicken schullt!«

Bei ihr gab es statt Gefühlen geregelte Abläufe und Sauberkeit.

Diese Ehe muss für beide ein ewiges Gegeneinander gewesen sein.

*

Die Eltern meines Vaters waren zufriedene Menschen. Besitz, Einfluss und Anerkennung waren ihnen nicht wichtig. Sie wollten leben und andere leben lassen.

Meine Großmutter Meta wurde als Tochter eines Beamten in Dänemark geboren. Die Familie war von gutem Stand. Auf Hooge nannte man sie *Spitzenfrollein*. Sie trug Spitzen am Kragen oder am Saum, war immer gut gekleidet, das war ihr sogar auf der Hallig wichtig. Überhaupt legte sie auf Äußerlichkeiten Wert. Sie war reinlich und ordentlich und erwartete das auch von ihrer Familie. Ungekämmtes Haar? Unmöglich. Fingerabdrücke an der Messingtürklinke? Niemals.

Der »junge« Hein verdiente sein Geld als Seehundsjäger und Schiffer, in heimatlichen Gewässern. Dadurch war er viel zu Hause, während andere Männer monatelang zur See fuhren. Gewiss hatte er auch Schweres erlebt, aber er war ein durch und durch zufriedener Mensch. Er wusste, wo er hingehörte, und diesen Platz nahm er selbstbewusst ein. Er war ein geachteter Mann und als Gastgeber waren beide sehr beliebt. Ihr Miteinander wirkte liebevoll.

*

Meine Mutter Annemarie wurde auf Pellworm geboren und trug die Träumerei ihres Vaters in die nächste Generation. Sie war musikalisch, wie er, und konnte das Tagwerk ausblenden, wie er. Ein Konzert, das sie als junge Frau in Dänemark besucht hatte, blieb ihr lebenslang in Erinnerung. Ihre Art, sich in sich selbst zu versenken, gab ihr eine besondere Ausstrahlung. Hinzu kamen ihr dunkelblondes Haar, hohe Wangenknochen und grüne Augen, die verträumt in den Tag schauen konnten.

Mein Vater Heinz wagte nicht, zu träumen. Er war Realist und fest im Jetzt verwurzelt. Er wollte anpacken und gestalten. Sein größter Antrieb war: Niemals sollte seine Familie Not leiden. Dafür arbeitete er hart. Wenn ein Geschäft nicht gut lief, trieb es ihn umher und er arbeitete noch härter.

Meine Mutter war oft mit Kindern und Wohnung völlig überfordert und ohne die Hilfe ihrer eigenen Mutter wäre sie verloren gewesen. Annemarie schwebte über Haushalt und Pflichten. Sie wurde ertappt, wie sie mit dem Staubsauger tanzte, statt zu saugen. Gedankenverloren zündete sie Holz im Kachelofen an und versenkte sich dabei die Haare. Zwischen ihren Hausarbeiten ruhte sie sich auf dem Sofa aus und deckte sich mit ihrer Schürze zu.

Einmal wollte sie ihrem Mann eine Freude machen und schenkte ihm ein Portemonnaie.

Er warf es ihr vor die Füße.

»Woför bruug ik een Portemonnaie? Wi hem doch sowieso keen Geld!«

Dieser Gedanke war ihr gar nicht in den Sinn gekommen. Doch irgendwann hatten sie Geld. Der Fleiß zahlte sich aus. Heinz war seiner Frau gegenüber nie geizig. Er verstand es zu feiern und dann führte er seine Annemarie über die Tanzfläche. Sie träumte in seinen Armen und er ließ ihr diese Freiheit.

Von allen anderen Menschen und besonders von den Kindern erwartete er, was er sich selbst abverlangte. Pünktlichkeit. Ehrlichkeit. Ordnung. Bescheidenheit. Fleiß.

*

Ich trage die Spuren meiner Ahnen in mir; vielleicht auch das Herrische meiner Urgroßmutter, die Lebensfreude meines Großvaters von Pellworm, die Leichtigkeit meiner Großmutter von Hooge, die Disziplin meines Vaters, die Verträumtheit meiner Mutter. Vielleicht.

**Tag 25 – auf See**

*Position: 11°05.7301'S 78°15.6511'W*

*24 Grad. Strahlend blauer, hoher Himmel. Kühler, mäßiger Wind. See glitzernd.*

Ich sitze an Deck und schaue über das Wasser. Delfine springen in kleinen Gruppen durch die Wellen. Es sieht so spielerisch und vergnüglich aus. Wale ziehen Schlieren in das Wasser und peitschen es mit ihren Fluken auf. Wenn sie ausatmen, steigen Nebelschwaden wie Rauchzeichen auf. Die Tiere lösen in mir eine Sehnsucht nach Ruhe und Heimat aus. Ich will nicht irgendwer sein, der irgendwie irgendwo umherirrt. Ich möchte ankommen.

Blick auf Callao.

**Tag 26 – Callao**

*Position: 12°01.5000'S 77°14.8100'W*

*24 Grad. Neblig und windstill.*

Ich verlasse das Schiff und werde am Gate wie auf einem Flughafen kontrolliert. Bei der Zollbehörde entrichte ich fünfzig Dollar und sie stempeln mir meinen Pass ab. Ich halte mich nicht weiter in Callao auf und fahre mit dem Taxi zur peruanischen Hauptstadt. Unterwegs lichtet sich der Nebel und gibt den Blick frei auf graue Industriegebäude, Schutt und Staub. Ab und zu trotzt ein buntes Häuschen zwischen grauen Betonklötzen.

Je näher ich dem Zentrum von Lima komme, umso sauberer und bunter wird es. Viele Gebäude aus der spanischen Kolonialzeit sind gut erhalten. Angeberisch erheben sich mehrstöckige Prachtbauten in leuchtenden Farben mit Türmchen und Ornamenten. Vor dem Regierungspalast wechselt zur Mittagszeit die Wache so wie in Kopenhagen oder London. Mit allem Tschingderassabum marschieren sie unter Palmen. Es wirkt seltsam inszeniert.

Ursprüngliche peruanische Bauten sind schlicht, als würden sie sich der Landschaft anpassen. Sie drücken sich in den Schatten von Hügeln und suchen Kühle zwischen Tälern. Das Klima in Lima erinnert an eine Wüste.

Die Basilika San Francisco wurde im 16. Jahrhundert von den Spaniern erbaut und trägt den Namen des Franz von Assisi, der niemals in Peru war. Die Eroberer pfropften nicht nur ihren Heiligen in ein fremdes Land, sondern auch ihre Architektur. Alles strahlt im maurischen Stil in dunkelroten und weißen Farben. Als wäre die maurische Kultur typisch spanisch. Ein Eroberungszug nach dem anderen prägt unsere Kulturen.

In der Basilika feiern die Menschen Messe. Ich suche mir einen Platz und die fremde Sprache rauscht über mich hinweg. Ich staune, wie viele Männer die Messe besuchen und im Gebet vor einem Seitenaltar verharren. Insgesamt zähle ich achtzehn Altäre. Sie sind über und über mit Blumen geschmückt. Die Namen der Heiligen kenne ich nicht. Die Kirche ist ungewöhnlich niedrig. In Europa protzt man mit hohen Bauten. Kirchen als Machtbeweis. Hier musste man sich mit der Erdbebengefahr arrangieren und baute mehr in die Weite als in die Höhe. Immerhin etwas Ehrfurcht.

Mit anderen Touristen erkunde ich die Kirche und das Kloster, Katakomben und Kreuzgänge, Chorstuhl und Gewölbe, Bibliothek und Lesehallen. Unsere Reiseführerin flüstert ständig: »Approximate.«

Ungefähr 25 000 Menschen wurden in den Katakomben begraben. Ungefähr 25 000 Bücher hat die

Bibliothek. Ungefähr so viel Mosaikbilder. Ungefähr dies und ungefähr das.

Es ist eine gewaltige Kirche mit einer langen Geschichte. Wie viele Menschen kamen allein während der Bauarbeiten zu Tode? Wie viele starben unter den spanischen Konquistadoren? Wie viele wurden getötet, weil sie den fremden Gott der fremden Menschen nicht anbeten wollten? Die Gedanken bedrücken mich.

Ich laufe eine Straße entlang. Ein Verkaufsstand reiht sich an den nächsten, mit Tüchern, Hüten und Schmuck. Kinderkleider wehen im leichten Wind. Ich greife nach dem weichen Stoff und betrachte die bunten Farben. Ich suche zwei weiße Kleidchen mit floralem Muster heraus und kaufe sie für meine Enkeltöchter.

Ich steige ins Taxi und lasse mich zum Schiff fahren. Am Rückspiegel hängt ein Rosenkranz und pendelt mit jeder Kurve über dem Kopf des Fahrers. Ab und zu betet er. Die Frömmigkeit der Menschen wirkt aufrichtig.

**Tag 27 – auf See**

*Position: 13°50.6944'S 76°43.7991'W*

*22 Grad. Mäßiger Wind aus Süd.*

Kein Horizont. Ich kann Himmel und Erde nicht voneinander unterscheiden. Alles ist eins, als gäbe es keinen Himmel oder als könne man direkt über die See in den Himmel schwimmen. Letzteres wäre schön.

**Tag 28 – auf See**

*Position: 19°15.6871'S 73°08.7919'W*

*27 Grad. Windstärke zwei aus Südost. Kaum Wolken. Blauer Himmel spiegelt sich im Wasser.*

Die leichte Brise lässt das Schiff sanft über die Wellen rollen. Ich möchte Musik hören, doch mein iPod spinnt. Wenn ich einen Titel anklicke, saust eine schier endlose Liste Songs über das Display. Ätzend.

Könnte es Sinnbild für meinen Gemütszustand sein? Bin ich vielleicht an der Schwelle zu neuen Erkenntnissen? Bis dahin werde ich die Zeit mit Lesen überbrücken.

**Tag 29 – Puerto Angamos**

*Position: 23°03.9513'S 70°23.2064'W*

*28 Grad. Himmel und Wasser azurblau. Felsige Bucht.*

Wir ankern vor Chile. Der Hafen heißt Puerto Angamos. Hafen? Eigentlich ist es nur ein Platz mit einer stabilen Metallbrücke zum Anlegen, an dem noch ein Schiff liegt. Mehr ist nicht. Die Gegend ist eine Bergbauregion und hinter den Hügeln breitet sich die Atacama-Wüste aus. Ich sehe nur graues Geröll. Eintönigkeit. Es ist surreal.

Als wir am Abend wieder auslaufen, taucht die Sonne die Felsen in orangefarbenes Licht. Verkrüppelte Bäume werfen zackige Schatten. Auf einem Gipfel ragt ein Kreuz auf und das Abendlicht flimmert um seine Balken. Surreal, aber auch wunderschön.

**Tag 30 – auf See**

*Position: 26°06.5787'S 71°00.2559'W*

*21 Grad. Himmel blau. Windstärke vier.*

Der Wind treibt die Wellen wie Pferde vor sich her. Sie tragen weiße Schaumkronen. Die Engländer nennen sie *White Horse.* Ich schaue ihnen nach, wie sie in die Weite galoppieren.

Seit vier Wochen bin ich an Bord.

**Tag 32 – Valparaíso**

*Position: 33°30'S 71°37.12'W*

*Dreißig Grad. Grau, neblig.*

Ich bin auf der Brücke und sitze auf dem Lotsenstuhl. Wir warten auf das »go« der Hafenbehörden, in den Hafen von Valparaíso einlaufen zu dürfen. Hinter uns geht die Sonne unter. Ich recke meinen Kopf und will nichts verpassen. Die Stadt schmiegt sich an die Hügelkette und ihre Häuser liegen wie bunte Tupfen im Grün. Die Schienen der Bergbahnen ziehen sich von der Hügelkette bis zur Hafenbucht. Sie glänzen wie Spinnenweben im Abendlicht.

Plötzlich gerät das Schiff ins Wanken. Die Dünung, die man nicht kommen sieht, hat uns erfasst. Es rumpelt und scheppert, alles, was nicht fest ist, fliegt durch das Ruderhaus. Ich falle vom Lotsenstuhl.

Als wir an den Pier fahren, liegen wir zwischen chilenischen Marineschiffen. Auch die *Esmeralda* ist im Hafen. Sie ist ein über hundert Meter langes Segelschulschiff, ein Viermaster. Alles ist imposant, die Schiffe, der Hafen, die Kulisse. Valparaíso – Traumort!?

Die Wirklichkeit am nächsten Morgen ist ernüchternd. Wolken liegen dumpf in der Bucht und rauben der Stadt die Farbe. Plötzlich wird mein Blick auf das Unschöne gelenkt – die zerfallenen Häuser, Müll und Dreck.

Ich gehe durch die Straßen. Die prächtigsten Villen sind meistens Banken. Ich versuche einen Blick durch die hohen Fenster zu erhaschen und sehe getäfelte Decken, bemalte Wände und imposante Kronleuchter.

Mit einer Seilbahn fahre ich zu einem Aussichtspunkt. Hier sind die Häuser, die von Ferne wie bunte Tupfen aussahen. Der Dichter Pablo Neruda lebte in solch einem Viertel. Von hier oben hat man einen unverstellten Blick auf den Pazifik.

Zu Fuß gehe ich abwärts. Die Gassen sind eng und selbst die bunten Farben können nicht von der Baufälligkeit der Häuser ablenken. Überall sind kleine Händler. Sie bieten Silberschmuck und Armbänder an, Holzbilder und Häkeljacken, Handtaschen und Kinderkleidung, Sandwiches und Empanadas. In einer anderen Gasse ist es wie in einer Markthalle: Tomaten, Kräuterbündel und Avocados, die aromatisch duften. Fischhändler putzen ihren Fisch und bereiten ihn gleich zu. Muscheln und Austern liegen in Körben. Hunde dösen im Schatten. Eine Katze schläft im Gemüseregal neben Kartoffeln.

Ich biege in eine andere Gasse, doch Einheimische schicken mich weg.

»No good«, sagen sie und mahnen, dass ich meine Kamera in die Handtasche packen solle.

Ich komme an drei Kirchen vorbei, aber nur eine hat geöffnet. Gottes Wohnung verschlossen? Der erste

Blick von See versprach eine Stadt, die ich so nicht gefunden habe. Ja, sie ist pulsierend, aber auch laut, dreckig und erstickt am Verkehr.

An Bord möchte ich mich frisch machen. Ich öffne den Eckschrank im Bad und all meine Utensilien purzeln mir entgegen. Die Dünung hatte nicht nur mich vom Hocker gerissen. Die Parfümflasche knallt auf das Waschbecken und zerbricht.

Aus der Heimat erreicht mich eine freudige Nachricht. Ich werde erneut Großmutter. Was für ein Geschenk!

Die berühmten Treppen von Valparaíso.

**Tag 34 – auf See**

*Position: 31°42.3512'S 71°59.1454'W*

*22 Grad. Windstärke sechs aus Süd. Himmel wolkenlos. Große Wellen mit Schaumkronen.*

Der Wind fegt mit fast fünfzig Stunden pro Kilometer über das Meer. Es pfeift und saust. Die Weite ist wohltuend ruhig für meine Augen, aber meine Ohren haben nie Stille. An Bord herrscht ein immerwährendes Grummeln. Die Generatoren laufen, selbst wenn wir im Hafen liegen. Manchmal erfasst ein Zittern das ganze Schiff, als würde es jemand über Felsen schieben. Es knirscht und vibriert. Stille. Dann beginnt das Zittern von vorn. Immer wenn die Schiffsschraube aus dem Wasser auftaucht, löst sie dieses Beben aus.

Die Maschinenkolben wummern. Die Klimaanlage surrt. Der Kühlschrank brummt. Die Kunststoffverkleidungen quietschen. Tagsüber kann ich es ausblenden, weil meine Sinne von anderen Eindrücken überlagert werden. Doch nachts wird es überlaut. Würde doch wenigstens mein iPod funktionieren. Es hilft nichts, ich muss mich mit den Störungen arrangieren. Ein Lied steigt aus meinem Bewusstsein auf. Ich summe »You want it Darker« von Leonard Cohen vor mich hin. Ich bin abgelenkt. Meine Sinne kommen zur Ruhe.

Es ist wie ein Geschenk: Ich habe einen Ort an Deck gefunden, wo ich nur den Wind höre, wie er über das Wasser streift oder sich in den Seilen verfängt. Ich höre, wie sich die Nase am Bug ins Meer gräbt, kurz ab- und dann wieder auftaucht.

**Tag 35 – auf See**
*Position: 23°21.0891'S 74°21.7560'W*
*22 Grad. Windstärke vier aus Ost. Grauer Himmel.*

Es ist Sonntag und vielleicht ist der Himmel über Hooge genauso trüb wie hier. Wenn ich in unserer kleinen Halligkirche den Gottesdienst gefeiert hätte, hätte ich die Epistellesung aus einem Brief des Apostels Paulus vorgetragen.

Seine Worte sind so populär, dass man die Symbole als Schmuck kaufen kann oder man sie auf Tassen oder T-Shirts aufgedruckt findet. Manche tragen es sogar als Tattoo: Kreuz, Herz, Anker. Glaube, Liebe, Hoffnung.

»Nun aber bleiben Glaube, Hoffnung, Liebe, diese drei; aber die Liebe ist die größte unter ihnen.«

Die Liebe ist nicht nur die größte Kraft, sie ist auch die schwierigste. Wie gelingt es, in Liebe zu denken, zu fühlen und zu handeln?

Das Wort Liebe hat eine Inflation erlebt. Wir lieben Katzen oder Hunde, Schokolade oder Wein, Parfüm oder Bodylotion, Avocados oder Steak. Wenn wir uns die Dinge gönnen, die wir lieben, dann geht es uns gut.

Liebe ist ein Geschenk Gottes und er hat sie tief in uns hineingelegt, als wir geboren wurden. Wir ahnen, da schlummert etwas ganz Wertvolles und Besonderes in uns. Wir spüren, wenn dieses Besondere bricht und Risse bekommt.

Wir gestehen einem Menschen unsere Liebe, doch der lehnt uns ab.

In dem Moment, wo wir *viel* lieben, machen wir uns auch *sehr* verletzlich. So ist das auch mit der Hoffnung. Besser nichts hoffen und erwarten, statt enttäuscht zu werden? Und was ist mit dem Glauben, wo doch so viel Leid in uns und um uns herum geschieht?

Ich weiß, dass das Leben ein Geschenk ist und mit ihm Glaube, Liebe, Hoffnung. Solange Leben in mir pulsiert, vertraue ich, dass Liebe unser Miteinander ein bisschen heller, wärmer und hoffnungsvoller macht.

Sonnenlicht blendet mich. Der graue Himmel hat sich aufgelöst. Seltsam, wie es meine Stimmung hebt, wenn ich wieder den Horizont sehen kann.

**Tag 36 – auf See**
*Position: 15°39.5771'S 76°23.9485'W*
*24 Grad. Windstärke drei aus Ost. Leicht bewölkt.*

Kein Land in Sicht. Im Osten liegt Peru – irgendwo 80 Kilometer hinter dem Horizont. Im Westen liegt Australien – irgendwo 5000 Kilometer hinter dem Horizont. Unter uns ist der Meeresboden – irgendwo 3500 Meter in der Tiefe. 3500 Meter? Auf dem Laufband brauche ich für diese Strecke dreißig Minuten. Wie lange müsste ein Mensch durchs Wasser gleiten, um den Boden zu berühren?

Ich liege an Deck und habe mir die Taue so zurechtgelegt, dass es einigermaßen bequem ist. Ich blicke in den Himmel und stelle Gedankenexperimente an. Seltsam, die Zeit ausrechnen zu wollen, obwohl Menschen leichter zum Mond als zum Tiefseeboden gelangen können. Die See ist ein tiefes Geheimnis für mich – der Himmel auch.

Mir wird schwindlig, wenn ich den Wolkenfetzen nachblicke. Ich kann nicht mehr unterscheiden, ob das Schiff fährt oder der Himmel wandert. Und wenn der Schiffsmast in mein Blickfeld ragt, könnte ich meinen, dass er fällt und mich erschlägt.

Ich bleibe liegen und erlaube meinen Sinnen, dass sie sich täuschen lassen. Hier auf See ist scheinbar nichts an seinem Platz. Selbst die Sonne wirft keine

Schatten, weil sie in Äquatornähe fast senkrecht über uns steht.

Als Kind lag ich mit meinen Freundinnen im harten Halliggras und schaute in den Himmel. Wer findet das tollste Wolkenbild? Schloss, Pferd, Drache? Ich sah Gott! Ich war mir ganz sicher, dass ich Gott am Himmel entdeckt hatte. Ich stellte ihn mir mit Bart, langen Haaren und einem wallenden Gewand vor. Wenn ich heute darüber nachdenke, hätte es auch Karl Marx im Morgenmantel sein können.

Himmel und Wasser faszinieren mich seit meiner Kindheit und manchmal beneide ich die Engländer, dass sie in ihrer Sprache zwei Begriffe für »Himmel« haben. »Sky« für das, was man sieht. Der irdische Himmel. »Heaven« für das, was man nicht sieht. Der göttliche Himmel oder das Paradies. Und dann denke ich an meinen verstorbenen Sohn, wie er über eine Leiter ins Paradies steigt. Schön!

Der Himmel spiegelt meine Seele. Ich fühle mich frei und unbeschwert, wenn er blau und weit ist. Wenn Wolken sich auftürmen und das Licht violett schimmert, schrumpfe ich in mich zusammen und spüre Ehrfurcht. Wenn die Wolken sich auf die Erde fallen lassen und das Licht schlucken, fühle ich mich bedrängt, als würde mir die Luft zum Atmen fehlen. So gegensätzlich ist der Himmel und so gegensätzlich ist das Leben. Nähe und Weite. Heimat und

Fremde. Hell und dunkel. Aufrecht und gebeugt. Geborgen und getrieben.

Heute fühle ich mich unter dem weiten blauen Himmel geborgen.

Schiffe vor Manzanillo.

## Tag 43 – Panamakanal und Manzanillo

*Position: 9°11.19'N 79°52.80'W*

*Dreißig Grad. 66 Prozent Luftfeuchtigkeit. Leichter Wind aus Nordwest.*

Wir erreichen den Panamakanal in der Morgendämmerung. Wie ein blaugraues Band liegt er vor uns. Hinter den Bergen geht die Sonne auf. Der Himmel spielt mit den Farben. Blau gewinnt. Es scheint ein schöner Tag zu werden.

Blau gewinnt? Wenn ich als Kind mit meiner Familie *Mensch ärgere Dich nicht* gespielt habe, habe ich immer nur verloren. So fühlt es sich in meiner Erinnerung an. Ich gab den Würfeln oder den Umständen die Schuld. Es konnte doch nicht an mir liegen, oder doch? Bin ich eine Verliererin?

Es schien fast so. Obwohl ich mich im Matheunterricht anstrengte, gab mir der Lehrer nur ein »ausreichend«. Der mochte mich nicht, oder? Im Sportunterricht wurde ich immer als Letzte gewählt und wenn ich dann in einer Mannschaft landete, wurde an mir herumgemeckert, weil ich zu langsam sei und nicht fangen könne. Ich protestierte, denn andere waren viel ungeschickter als ich, oder? Ich fühlte mich ständig ungerecht behandelt und empfand mich als Opfer. In gewisser Weise war das bequem, denn so musste ich keine Verantwortung übernehmen.

Jetzt kann ich mir eingestehen, dass ich in Mathematik hätte fleißiger sein können. Wenn ich nicht so stolz gewesen wäre und um Hilfe gebeten hätte, ja dann …

Zugegeben, ich war keine Sportlerin. Meine Bewegungen waren hölzern und langsam. Ich hätte mich selbst auch nicht in eine Mannschaft gewählt, wenn mir ein Sieg wichtig gewesen wäre.

Am Abend erreichen wir den Hafen Manzanillo an der Ostküste von Panama. Die Mannschaft muss warten, bis die Kräne für sie bereitstehen. Ich darf ins Bett gehen.

## Tag 44 – Manzanillo und auf See

*Position: 05°32.3'N 79°44.4'W*

*Dreißig Grad bei 87 Prozent Luftfeuchtigkeit. Windstärke drei aus Nord-Nordost. Der Himmel strahlend blau und hoch. Die See leicht geriffelt und glitzernd. Gegen Mittag Richtung Cartagena aufgebrochen.*

Es ist so warm und feucht, dass jede Bewegung schwerfällt, selbst die Gedanken sind so träge, dass sie eher in die Vergangenheit fallen, als in der Gegenwart zu bleiben. Die Luft ist drückend heiß. Es fühlt sich an, als würde ich fiebern.

Als Kind war ich oft krank und lag manchmal immer wieder mit Fieber im Bett. Eine langweilige Zeit. Womit sollte ich mich denn ablenken ohne Fernseher, Hörspiele und Spielzeug?

Ich hatte eine kleine Puppenstube mit zwei Zimmern, Küche und winzigen Holzmöbeln. Die Wände waren mit echter Tapete beklebt. Leider war es unmöglich, mit der wuchtigen Puppenstube im Bett zu spielen, also schuf ich mir eine zweidimensionale Puppenstube.

Zweimal im Jahr bekamen meine Eltern Versandhauskataloge zugeschickt und bedingt durch unsere Insellage haben sie immer wieder bestellt. *Quelle* und *Neckermann* hatten alles zu bieten und ich blätterte durch die Kataloge wie durch Bilderbücher. Ich träumte mich in ein anderes Leben. Schöne Frauen in schönen Kleidern. Tolle Männer in tollen Anzügen. Hübsche Mädchen mit hübschen Puppen. Große Häuser mit modernen Küchen. Kinderzimmer mit bunten Vorhängen und ganz viel Spielzeug. Wie würde mein Leben aussehen, wenn ich alles hätte, was diese Versandhauskinder haben?

Ich zog die Bettdecke glatt und stellte mir ein Tablett auf den Schoß. Aus alten Katalogen schnitt ich Wohnungen und Menschen, baute sie zu meinem Zuhause und zu meiner Familie um. Ich legte sie mir auf das Tablett und schob sie hin und her. Wenn mir etwas nicht mehr gefiel, suchte ich auf einer neuen Seite eine neue Familie. Der Vater trug Anzug und lächelte. Die Mutter strahlte in schönen Kleidern. In der Katalogwohnung wurde nie gekocht und geputzt. Die *Quelle*-Mama trug niemals eine Schürze und der *Neckermann*-Papa stand gut gelaunt im Wohnzimmer, während mein Vater auf seinem Schiff unterwegs war. Wenn er dann irgendwann müde und schmutzig nach Hause kam, hatte ich das Gefühl, nie mit ihm in einem Raum zu sein. Es war, als wüsste er nicht, was er als Vater tun sollte, und ich wusste nicht, wie ich das ihm als Tochter erleichtern sollte. Er wirkte unsicher in seiner Rolle als Vater, hätte das aber nie zugegeben. Der große Schiffer, dem alles gelingt, ist unsicher? Niemals!

So träumte ich mir eine Welt herbei, die es so nie gab und geben würde – und das wusste ich.

Inzwischen habe ich meinen Frieden geschlossen mit den Brüchen und Lücken in unserer Beziehung. Ich denke gerne an meinen Vater, sehe ihn, wie er mit Baskenmütze und Arbeitsjacke in seinem Steuerhaus der *Maria* steht und die Hand am Steuer hat.

Nein, er war nie ein *Neckermann*-Papa gewesen, aber immer mein Vater – rau wie der Wind und stürmisch wie die See.

## Tag 45 – auf See und Cartagena

*Position: 10°17.3920'N 75°46.4662'W*

*29 Grad bei achtzig Prozent Luftfeuchtigkeit. Windstärke sechs aus Nordost. Blauer Himmel, graue See. Wellen tragen Schaumkronen.*

Warten. Das fällt mir schwer. Ein Hapag-Lloyd-Dampfer wird mit dem Beladen nicht fertig und blockiert den Pier. Statt um neun Uhr können wir erst um dreizehn Uhr in Cartagena anlegen.

Wieso bin ich so ungeduldig? Ich gehe sowieso nicht an Land.

**Tag 47 – auf See**

*Position: 16°01.2605'N 71°32.0148'W*

*28 Grad. Luftfeuchtigkeit 66 Prozent. Windstärke sieben aus Ost. Bewegte See. Wellen mit Schaumkronen.*

Der Himmel ist zweigeteilt: eine Seite grau verhangen, die andere blau strahlend. Sargassum, eine Algengattung, die in der Nähe der Bahamas von den Aalen zum Laichen aufgesucht wird und so manchen Segler zur Verzweiflung gebracht hat, weil sich sein Schiff darin verfangen hat, lockt hier fliegende Fische an. Sie säumen unseren Weg und fliegen weit, als wären sie Vögel, bis sie plötzlich ins Wasser platschen!

Blick auf Caucedo.

**Tag 48 – Caucedo**

*Position: 18°23.0'N 62°32.3'W*

*32 Grad. 88 Prozent Luftfeuchtigkeit mit tropischem Regen. Wasser strahlend blau.*

Heute Landgang. Mit Helm und Sicherheitsweste werden Leslie und ich durch die Hafenanlage gefahren. Am Tor wartet ein Taxi auf uns. Der Fahrer bringt uns zum Strand von Caucedo und hält auf einem Restaurantparkplatz. Der Besitzer begrüßt uns überschwänglich. Wahrscheinlich sind die Männer verwandt oder Geschäftspartner, wer weiß. Auf jeden Fall scheinen sie sich zu unterstützen, um über die Runden zu kommen.

Der Ort lebt von Touristen, die ihre Tage am Strand verbringen und dafür gut bezahlen. Ob Schmuckverkäufer, Künstler, Obsthändler, Restaurantbesitzer oder Strandliegenverleiher, alle hetzen sie den Touristen nach und werben für sich und ihre Angebote. Alles sei einmalig, hervorragend und authentisch.

Am Strand schlüpfe ich aus meinen Sandalen und wate durch türkisfarbenes Wasser. Der Sand ist hart. Meine Fußspuren spülen die Wellen fort, als wäre ich nie hier langgelaufen. Braun gebrannte Menschen flanieren in Bade- und Strandkleidung über den Strand oder verschwinden hinter Mauern in gepflegte Ressorts.

Zwei Jungs schleppen einen großen, schweren Eimer durch die Gegend und bieten ihre Äpfel an. Als wir uns später wieder begegnen, ist der Eimer noch genauso voll und schwer. Wenn man aufs Wasser schaut und nur flüchtig über Strand und Menschen blickt, ist es das Paradies. Aber wenn ich hinschaue und die Jungs mit ihren Äpfeln sehe, den Taxifahrer mit den müden Augen oder die Obstverkäuferin mit ihren gichtgekrümmten Fingern, dann ahne ich, dass ihnen dieser Ort nichts schenkt. Es gibt kein Paradies auf Erden.

**Tag 49 – auf See**

*Position: 18°07.7813'N 68°19.6188'W*

*28 Grad. Achtzig Prozent Luftfeuchtigkeit. Windstärke vier aus Ost. Himmel blau mit weißen Wolkentürmen. Wellen tragen Schaumkronen.*

Ich liege am Bug auf meinem Bett aus Schiffstrossen. Land schiebt sich zwischen Himmel und Meer. Im Westen flimmert die Küste der Dominikanischen Republik und im Osten erhebt sich Isla de Mona, eine Insel vor Puerto Rico. Es ist still – bis auf die üblichen Schiffsgeräusche.

Ich bin dankbar für alles, was ich sehen und erleben darf.

**Tag 50 – auf See**

*Position: 22°22.873'N 61°59.497'W*

*27 Grad. 54 Prozent Luftfeuchtigkeit. Windstärke vier aus Ost. Blauer Himmel mit prächtigen Wolkengebilden. Die See tiefblau und glänzend.*

Bald werde ich wieder in meinen Alltag zurückkehren. Was ist aus meinen Erwartungen geworden? Vieles ist zur Ruhe gekommen, weil es an Bord keine Ablenkung gab. Viele Stunden verbrachte ich alleine und hatte Zeit für meine Gedanken und Gefühle. Ich bin aus all meinen Rollen gefallen; war weder Mutter noch Großmutter, Freundin oder Gefährtin, Nachbarin oder Pastorin, Macherin oder Anpackerin. Einfach: Ich mit mir – und es geht mir gut damit! Ich weiß, dass ich oft unüberlegt, manchmal stolz und immer wieder schräg bin. Ich weiß aber auch, dass ich zugewandt, mitfühlend und voller Liebe für Menschen bin.

Was wird die Zukunft bringen und wie viel Lebenszeit bleibt mir noch? Ich bin gewiss, dass ich auf der Hallig bleiben möchte, und alles andere überlasse ich Gott, denn ich weiß mich geborgen und getragen.

Mit diesen Gedanken setze ich mich an den Tisch und schreibe ein Grußwort für den Kirchenbrief im März. Es sind Worte auf Plattdeutsch – meine Sprache, in der Meer und Himmel, Endlichkeit und Ewigkeit ihren Ausdruck finden.

**Tag 52 – auf See**

*Position: 30°05.831'N 48°03.032'W*

*Zwanzig Grad. 78 Prozent Luftfeuchtigkeit. Windstärke sechs aus West. Himmel grau, ins Violette wechselnd, mit Wolkengebirgen. Die See grau und bewegt mit vereinzelten Schaumkronen. Die Dünung mit kurzen Wellen.*

Grau. Europäisch grau. Heimatgrau. Ab und zu blitzt die Sonne durch die Wolkenmassen. Seit wir die mitteleuropäische Wetterzone erreicht haben, werden die Tage länger. Es ist gut, dass das Ende der Reise naht.

Ich bin voller Eindrücke und spüre, wie sie sich überlagern. Ich werde sie behutsam beiseitelegen und irgendwann in Ruhe sortieren, so wie man das früher mit Fotoalben, Eintrittskarten und Postkarten gemacht hat. Ich habe ein Sammelsurium an Bildern, Gerüchen und Begegnungen.

Manchmal ist der Impuls sehr stark, sich mit jemandem auszutauschen. Einfach mal reden. Das geht an Bord nicht. Es bleibt bei Belanglosigkeiten über das Wetter oder das Essen.

Ich habe alle Bücher ausgelesen, alle Kreuzworträtsel und Sudokus gelöst und fast alle Filme angesehen. Ich bin durch meine Erinnerungen spaziert und habe mit den Ahnen geplaudert; es ist genug. Ich bin neugierig auf das, was vor mir liegt – ganz im Sinn von Kierkegaard: »Du kannst das Leben nur rückwärts verstehen, aber leben musst du es vorwärts.«

**Tag 53 – auf See**

*Position: 33°44.669'N 41°05.581'W*

*Sechzehn Grad. Windstärke acht bis neun aus West-Nordwest. Blauer Himmel mit weißen Wolken.*

Der Atlantik zeigt sich von seiner rauen Seite. Die Wellen bewegen sich wie Schlangen mit weißen Köpfen. Sie ziehen sich zusammen, um Kraft zu gewinnen, schleudern sich heraus und erzeugen Wellenberge und Wellentäler. Mittendrin unser Schiff.

Nachts liege ich in der Koje und bin froh, dass sie sehr breit ist. Ich kullere von einer Seite zur anderen. In meinem Kopf kullern die Sorgen. Was, wenn die Maschinen ausfallen, wenn ein Container sich löst oder ein Mann von Deck gespült wird? Wie viel Zeit bleibt uns im Notfall? Wie schnell kommen wir ins Handeln? Schafft man es, ein Notsignal abzusetzen?

Ich spiele den Ernst der Lage durch: warm anziehen, in den Überlebensanzug schlüpfen, feste Schuhe und Rettungsweste schnüren, Medikamente einpacken und Taschentücher und Zigaretten und … Fluchtweg suchen und ins Rettungsboot steigen.

Wir hatten den Notfall geübt, doch ich glaube, ich wäre nie auf den Ernstfall vorbereitet. Hoffen wir, dass er uns und anderen erspart bleibt.

Der Wind lässt nach. Die Schaumköpfe tanzen zwar noch, aber das Schiff fährt ruhiger. Die Schönheit des Sturms zieht mich in den Bann. Von der Brücke aus beobachte ich die wütende See. Auch das kann ich irgendwie genießen. Am Himmel zeigt sich ein Regenbogen. Er fällt vor dem Horizont in den Atlantik. Für mich sind die Lichtreflexionen ein Versprechen, dass Gott einen Bund mit uns geschlossen hat.

**Tag 54 – auf See**

*Position: 37°42.593'N 33°10.139'W*

*Fünfzehn Grad. Windstärke fünf aus Nord. Himmel changiert zwischen blau und grau.*

Den Sturm haben wir hinter uns gelassen, geblieben ist eine unangenehme Schwüle. Ich würde diesen Tag gerne aus dem Kalender streichen. Nichts gelingt. Ich kämpfe mit mir und weiß nicht, warum, wozu und für wen ich jemand anderes sein will. Ich wäre tatsächlich ein bisschen so, wie mich andere sehen – die beherzte, tatkräftige und freundliche Tutje.

Doch ich habe auch eine garstige Seite und konnte sie früher sogar genießen. Da fühlten sich Menschen in meiner Freundlichkeit wohl und dann wurde ich ruppig und schroff. Mein Gegenüber suchte das Weite und ich freute mich insgeheim, dass ich diese Reaktion auslösen konnte. Was war denn nur los mit mir?

Eines Tages beschloss ich, oder der Geist Gottes in mir, dass ich freundlicher sein werde. Als ich mit meinem Hund einen Spaziergang machte, goss es in Strömen, sodass ich klatschnass wie ein Wischlappen wurde. Meine Stimmung pendelte zwischen garstig und schroff, doch ich entschied mich für Sanftmut und Freundlichkeit. Mein Gegenüber merkte es nicht oder ließ es sich nicht anmerken. Ich hätte mir so sehr eine Resonanz gewünscht. Trotzdem stand meine Entscheidung fest und so übte ich mich in Geduld und Freundlichkeit – bis heute und wahrscheinlich bis zu meinem Lebensende.

**Tag 55 – auf See**

*Position: 41°11.745'N 25°28.927'W*
*Vierzehn Grad, Windstärke vier aus West.*
*Weiß-blauer Himmel, blaugraue See.*

Am Himmel formen sich die Wolken wie zwei Atompilze. Die eine Wolke hat einen grauen Stiel und die andere einen violetten. Irgendwie unheimlich.

Der Wind verwischt das Bild. Gott sei Dank!

**Tag 56 – auf See**

*Position: 18°07.78'N 68°19.61'W*

*Elf Grad. Windstärke vier aus Südwest. Himmel schimmert in Violett, Grau, Blau und Weiß. Ruhige See.*

Es ist mein letzter Sonntag an Bord. Eigentlich ist es egal, welchen Wochentag wir haben, denn die Arbeit ist immer gleich. Ein Tag gleicht dem anderen. Moment. Eine Kleinigkeit ist sonntags anders: Man darf sich aussuchen, wie das Frühstücksei zubereitet werden soll. Gekocht, gequirlt, gespiegelt.

Die Sonntagsroutine steckt mir in den Knochen. Ich kann nicht anders, als an den Gottesdienst zu denken. Diese heilige Unterbrechung im Alltag, wenn sich Bibelverse und Gebete verselbstständigen und Teil meiner Gedanken werden. So auch heute.

Wie wäre es, wenn wir unsere Mitmenschen mit den Augen Gottes sehen würden? Das ist alles hypothetisch, aber trotzdem, was wäre, wenn wir ohne Vorurteile verstehen könnten? Wenn wir wirklich wüssten, was in dem Menschen vorgeht? Wenn wir verstünden, warum jemand verletzt ist? Wenn wir heilen könnten, wo das Leben Wunden schlug? Wenn wir begreifen würden, wie zerstörerisch Gier, Neid und Habsucht sind? Was wäre dann?

Wahrscheinlich würde ich mich schämen, weil

meine Urteile voreilig und viel zu hart waren. Mit Sicherheit fühle ich mich ertappt von Gottes Gnade, die mich umfängt. Immer wieder und wieder. Gott, der niemals auch nur eins seiner Menschenkinder aufgibt.

Die Abendsonne lodert rot am Himmel. Wie ein Liebesversprechen fließt das Sonnenlicht über den Atlantik direkt in meine Seele.

**Tag 62 – auf der Elbe**

*Position: 53°57.51'N 08°36.20'E*

*Vier Grad. Windstärke fünf aus Ost-Südost. Himmel grau. See grau.*

Heute erlebe ich alles zum letzten Mal. Ein letztes Frühstück. Eine letzte Unterhaltung mit dem Steward. Ein letzter Gang zum Kapitän. Ein letzter Blick durch meine Kajüte. In sechs Stunden erreichen wir Hamburg und dann verlasse ich die Schiffsroutine, die mir so lieb geworden ist. Ich verlasse das Gleichmaß aus Schweigen und Beobachten. Obwohl so viele Menschen auf engem Raum lebten, wurde wenig gesprochen. Stille musste nicht gefüllt werden. Oftmals reichte ein Nicken oder Lächeln, um sich zu verständigen.

Ich löse mich von diesem Schiff und seinen Menschen und spüre, wie meine Familie und Heimat an Raum gewinnen. Vorfreude! Vorfreude auf meine drei Enkelinnen, die mich wahrscheinlich mit einem selbst gemachten Plakat begrüßen. Ich sehe sie schon hüpfen und winken. Vorfreude auf meine Kinder, meine Hallig, meinen Hund Störtebeker und unsere kleine Kirche.

Hamburg.

**Tag 63 – daheim – auf der Hallig**

*Position: 54°34'N 08°33'O*

*Drei Grad, Schnee, windig.*

Ich bin daheim und fühle mich sofort wohl – die gewohnte Weite, bekannte Geräusche, vertraute Menschen –, und doch schiebt sich das knallrote Containerschiff in meine Gedanken oder es scheint, als hätte ich den Morgengruß des Stewards gehört oder das Stampfen der Maschinen. Nein, das sind meine Erinnerungen und sie sind schön. Ich will behutsam mit ihnen umgehen. Ich möchte behutsam mit mir und meinen Kräften umgehen.

Ich bin daheim und predige, feiere Gottesdienste, begleite Menschen auf ihrem letzten Weg und tröste Angehörige. Ich rede, singe und bete. Ich rede, plaudere und schnacke – und das ist gut.

# EPILOG

*Januar 2024*

Seit gestern bin ich nicht mehr auf Hooge, sondern auf dem Festland, weil ich heute die Trauerfeier für die Mutter eines Freundes gehalten habe. Es war eine bewegende Verabschiedung. Mit Verwandten, die sich lange nicht gesehen hatten, und Weggefährten aus den Jahren, die sie auf der Hallig gelebt hat. Besonders bewegend war für mich das Lied, das eine der Krankenpflegerinnen für die Verstorbene gesungen hat – mit Gänsehauteffekt und überirdisch schön!

Danach habe ich mich auf den Weg nach Kiel gemacht. Gerade sitzen mein Sohn und ich beim Italiener am Dreiecksplatz und ich bin total irritiert, weil mir andauernd Fotos auf mein Handy geschickt werden, mit denen ich so gar nichts anfangen kann. Irgendwie geht es um Schlüttsiel, die Fähre, Bedrohung, eine Demonstration und Verrat. Aber ich verstehe die Zusammenhänge erst einmal nicht. Die hanebüchene Nachricht, was am Vorabend geschehen ist, erfahre ich erst aus dem Radio.

Robert Habeck war mit seiner Frau Andrea auf Hooge. Es war eine private Fahrt: Die beiden wollten Freunde treffen, Tee trinken, ausruhen, sich erholen. Doch als in den Netzwerken die Nachricht kursierte, dass der Wirtschaftsminister auf der Fähre sei, gab es scheinbar kein Halten mehr.

Die Fähre legte in Schlüttsiel an, doch niemand konnte aussteigen, weil Traktoren und 350 wütende Menschen, die brüllten und drohten, den Weg versperrten. Aus Sicherheitsgründen legte das Schiff wieder ab und fuhr zurück nach Hooge. Habeck konnte erst mehrere Stunden später, nachts, in Schlüttsiel an Land gehen. Es waren Trauergäste auf dem Schiff, Familien und Kinder. Alle hatten unter der Situation zu leiden.

Wo kommt denn die ganze Wut her?

Auf der Fähre ist auch Neuton, mein Onkel. Er ist schockiert, dass so viele Aggressionen unsere Gemeinschaft in eine Zerreißprobe führen.

Mir tun Andrea Paluch und Robert Habeck leid, die einfach nur einen schönen Tag auf der Hallig verbringen wollten und stattdessen diese unschöne Situation und Bedrohung erleben mussten. Und ich bedauere auch die anderen Passagiere, die Familie des Verstorbenen, die Besucher der Beerdigung, die Eltern mit Kindern, die nach dem Wochenende einfach nur nach Hause wollten.

Wo ist der Respekt dem anderen gegenüber geblieben? Und was bewegt die protestierenden Menschen, einen Politiker, der privat unterwegs ist, derart zu attackieren?

*DER SPIEGEL* berichtet unter der Überschrift »Fahr los, Uwe« über die Ereignisse und am Ende des Artikels wird mein Onkel zitiert: »Ik glööv, dat gifft wedder Krieg!« (»Ich glaube, es gibt wieder Krieg.«)

Das schreit förmlich nach einem Gespräch mit ihm, zumal der Journalist Jonathan Stock am Artikel beteiligt war. Als ich dessen Namen lese, erinnere ich mich an eine Begegnung vor vielen Jahren.

Jonathan Stock stand mir zur Seite, als ich vor Jahren eine afghanische Flüchtlingsfamilie von Niebüll nach Hooge begleitete.

Damals war ich gerade aus New York zurückgekommen und wollte nach Hooge. Das ging aber nicht, weil dort »Land unter« war. So musste ich warten. Dann erreichte mich ein Anruf des damaligen Bürgermeisters, mit der Bitte, die Geflüchteten vom Festland aus mit nach Hooge zu nehmen. Ich sagte direkt zu. Die Familie kam aus der Übergangsunterkunft mit dem Bus nach Schlüttsiel. Ich postierte mich an der geöffneten Tür und wartete, dass die Eltern und ihre Kinder aus dem Bus ausstiegen. Aber sie rührten sich nicht von ihren Plätzen. Nichts passierte!

Hilflos schaute ich mich um, nachdem meine Gesten – ich hatte allen mehrfach einladend zugewunken – scheinbar nicht verstanden wurden. Da stand ein junger Mann und bot sich an zu dolmetschen. Jonathan Stock schaffte es, sich mit seinen wenigen Kenntnissen in Farsi verständlich zu machen. Zögernd stieg das Paar mit seinen vier Kindern aus dem Bus und ging auf die Fähre. Unterwegs erfuhr ich, warum sie zunächst nicht mitkommen wollten. Sie waren aus ihrer Heimat über das Mittelmeer nach Europa geflohen und hatten seitdem beängstigende Bilder von einem viel zu kleinen, überfüllten Boot im Kopf. Sie hatten Angst zu ertrinken!

Als sie auf Hooge festes Land unter den Füßen hatten, war ihnen ihre Erleichterung anzusehen. Jonathan, mit dem ich gleich per »Du« war, hatte die Familie während der Überfahrt immer wieder beruhigt.

Nun hatte Jonathan mit meinem Onkel ein Interview geführt, das mich aufwühlte. Die Befürchtung meines Onkels: »Ik glööv, dat gifft wedder Krieg«, ist nachvollziehbar. Gleichzeitig frage ich mich: »Sind wi nich all mirdenmang?« (»Sind wir nicht schon mittendrin?«)

Aber Glaube, Liebe und Hoffnung protestieren: »Vertraue …«

## ÜBER DIE AUTORIN

**Gertrude von Holdt,** Jahrgang 1948, vierfache Mutter und siebenfache Großmutter, arbeitete als Hauswirtschaftsleiterin, Arzthelferin und Röntgenassistentin. Mit 61 Jahren wurde sie Seelsorgerin auf der Hallig Hooge, wo sie schon als Kind gelebt hatte. Heute genießt sie ihren Ruhestand. Sowohl sie als auch viele ihrer Verwandten sind zur See gefahren.

## Liebenswerte Geschichten von der Hallig Hooge

*»Mit 61 Jahren beschloss ich, mein Leben umzukrempeln, und zog als Seelsorgerin auf die Hallig Hooge – den Ort meiner Kindheit. Nirgendwo sind mir die Menschen und Gott so nah wie hier. Nirgendwo ist das Feiern so ausgelassen wie hier, der Himmel höher, das Wasser weiter, das Land grüner. Ich lebe in einem Paradies aus Himmel, Erde, Luft und Meer. Meine Geschichten handeln von den Bewohnern der Hallig Hooge, ihren und meinen Vorfahren. Seit Generationen leben sie hier und trotzen den Naturgewalten. Es sind Anekdoten von Menschen, die dickköpfig und trotzdem liebenswert, wettergegerbt und trotzdem sanft sind.«* Gertrude von Holdt

Gertrude von Holdt

**Die Halligpastorin**


Hardcover
160 Seiten
ISBN 978-3-96340-180-0
**€ (D) 15,00**


gutes leben
bene!

Fotos: Gertrude von Holdt: S. 2, 6, 13, 17, 18, 25, 33, 39, 40, 70, 80, 97, 131, 144, 153, 170 / stock.adobe.com: S. 69 Roger, S. 84 Mazor Media, S. 88 Malte Florian Klein, S. 92 anoushkatoronto, S. 106 searagen, S. 120 Erik González, S. 125 Image'in, S. 138 Maritime Art Blog, S. 146 bartuchna, S. 150 Naypong Studio, S. 161 Mapics, S. 163 Gerd Funcke

**Besuchen Sie uns im Internet:**
**www.bene-verlag.de**

MIX
Papier | Fördert gute Waldnutzung
FSC® C083411

Originalausgabe Juli 2025

Ein Imprint der Verlagsgruppe
Droemer Knaur GmbH & Co. KG
Maria-Luiko-Straße 54, 80636 München

Lektorat: Susanne Ospelkaus und Stefan Wiesner
Umschlagabbildungen: pusteflower9024/stock.adobe.com, Volushka/Shutterstock.com, SimpLine/stock.adobe.com
Covergestaltung, Layout und Satz: Maike Michel
Druck und Bindung: CPI books GmbH, Leck
ISBN 978-3-96340-345-3

Kontaktadresse nach EU-Produktsicherheitsverordnung:
produktsicherheit@droemer-knaur.de

5 4 3 2 1